屈辭精義

【清】陳本禮 撰

慈波 點校

楚辭要籍叢刊

主編 黃靈庚

上海古籍出版社

本書爲「十三五」國家重點圖書出版規劃項目
本書爲二〇一一—二〇二〇年國家古籍整理出版規劃項目
本書爲二〇一七年國家古籍整理出版資助項目
本書爲浙江師範大學一流學科建設、浙學與中華文化復興協同創新中心資助項目

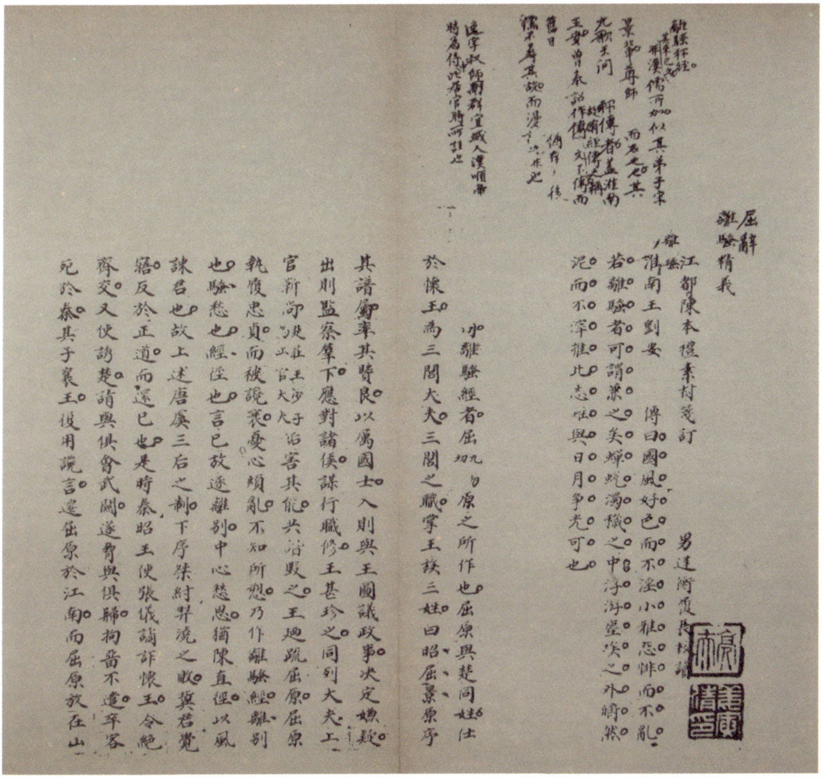
屈辭精義

離騷

江都陳本禮素村箋訂　男逢衡履長校讎

淮南王劉安傳曰：國風好色而不淫，小雅怨誹而不亂，若離騷者，可謂兼之矣。蟬蛻濁穢之中，浮游塵埃之外，皭然泥而不滓，推此志也，雖與日月爭光可也。

離騷經者，屈原之所作也。屈原與楚同姓，仕於懷王，為三閭大夫。三閭之職，掌王族三姓，曰昭、屈、景。原序其譜屬，率其賢良，以厲國士。入則與王圖議政事，決定嫌疑；出則監察群下，應對諸侯。謀行職修，王甚珍之。同列大夫上官靳尚妒害其能，共譖毀之。王乃疏屈原。屈原執履忠貞而被讒衺，憂心煩亂，不知所愬，乃作離騷經。離，別也；騷，愁也；經，徑也。言己放逐離別，中心愁思，猶陳直徑，以風諫君也。故上述唐虞三后之制，下序桀紂羿澆之敗，冀君覺悟，反於正道而還己也。是時秦昭王使張儀譎詐懷王，令絕齊交；又使誘楚，請與俱會武關。遂脅與俱歸，拘留不遣，卒客死於秦。其子襄王復用讒言，遷屈原於江南。而屈原放在山

《屈辭精義》原稿本書影

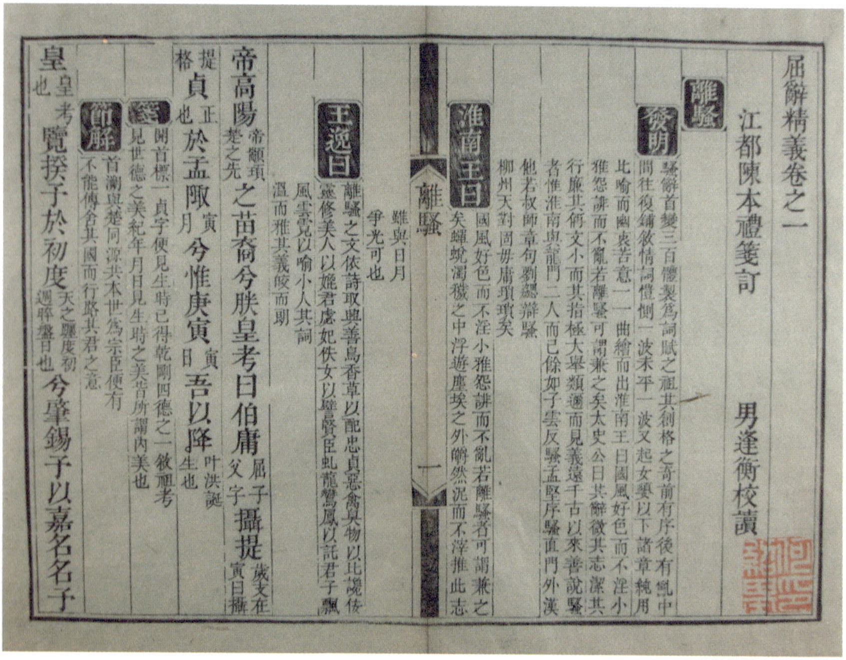
屈辭精義卷之一

江都陳本禮箋訂　男逢衡校讀

離騷

發明　騷辭首變三百體製爲詞賦之祖其創格之奇前有序後有亂中間往復鋪敘情詞愷惻一波未平一波又起女嬃以下諸章純用比喻而幽衷苦意一一曲繪而出淮南王曰國風好色而不淫小雅怨誹而不亂若離騷可謂兼之矣太史公曰其辭微其志潔其行廉其稱文小而其指極大舉類邇而見義遠千古以來善說騷者惟淮南與龍門二人而已餘如子雲反騷孟堅序騷直門外漢他若叔師章句劉勰辯騷柳州天對固毋庸瑣瑣矣

淮南王曰　國風好色而不淫小雅怨誹而不亂若離騷者可謂兼之矣蟬蛻濁穢之中浮遊塵埃之外皭然泥而不滓推此志雖與日月爭光可也

離騷　一

王逸曰　離騷之文依詩取興善鳥香草以配忠貞惡禽臭物以比讒佞靈修美人以媲君虛妃佚女以譬賢臣虯龍鸞鳳以託君子飄風雲霓以喻小人其詞溫而雅其義皎而朗

帝高陽 帝顓頊楚之先 之苗裔兮朕皇考曰伯庸 屈子父字 攝提 歲在寅曰攝提格 貞 正也 於孟陬 寅月 兮惟庚寅 寅日 吾以降 叶洪誕生也

箋　開首標一貞字便見生時已得乾剛四德之一敘祖考見世德之美紀年月日見生時之美皆所謂內美也

節解　首溯與楚同源共本世爲宗臣便有不能傳舍其國而行路其君之意

皇 皇考也 覽揆予於初度 天之躔度初週晬盤日也 兮肇錫予以嘉名名子

裛露軒刻本《屈辭精義》書影

楚辭要籍叢刊導言

黄靈庚

楚辭首先是詩，與詩經是中國詩歌史上的兩大派系，好比是長江與大河，同發源於崑崙山，然後分南北兩大水系。大河奔出龍門，一瀉千里，蜿蜒於中原大地，孕育出帶上北國淳厚氣息的國風；而長江闖過三峽，九曲十灣，折衝於江漢平原，開創出富有南國絢麗色彩的楚辭。「楚辭」這個名稱，始於漢代，是漢人對於戰國時期南方文學的總結。「楚辭」既指繼承詩經之後，在南方楚國發展起來的新體詩歌，標誌着中國文學又進入了一個輝煌的時代；又是中國詩歌由民間集體創作進入了詩人個性化創作的時代，而屈原無疑是創作這種新歌體的最傑出的代表，創造出了「驚采絶豔，難與並能」的離騷、九歌、天問、九章、遠遊、卜居、漁父等不朽的名作。

屈原的弟子宋玉、景差及漢代以後的辭賦作家，承傳屈原開創的詩風，相繼創作了九辯、招魂、大招、惜誓、招隱士、七諫、哀時命、九懷、九歎、九思等摹擬騷體之作，被後世稱之爲「騷體詩」。據説是西漢之末的劉向，將此類詩賦彙輯成一個詩歌總集，取名爲「楚辭」。再以後，東漢王逸爲劉向的這個總集做了注解，這就是至今還在流傳的王逸楚辭章句十七卷的本子，是現存的最早的楚辭文獻，也是我們今天學習楚辭最好的讀本。

「楚辭」之所以名「楚」，表明了所輯詩歌的地方特徵。宋黄伯思業已指出，「蓋屈、宋諸騷，皆書楚語，作楚聲，紀楚地，名楚物，故可謂之『楚詞』。若些、只、羌、誶、蹇、紛、侘傺者，楚語也；頓挫悲壯，或韻或否者，楚聲也；沅、湘、江、澧、修門、夏首者，楚地也；蘭、茝、荃、葯、蕙、若、蘋、蘅者，楚物也；他皆率若此，故以『楚』名之」。其雖然說出了「楚辭」所以名「楚」的緣由，而没有進一步指出名「辭」的來歷。辭，也可以寫作「詞」。楚辭詩句之中都有感歎詞「兮」字。這個「兮」字，古人統歸屬於「詞」，古音讀作「呵」，最富於表達、抒發詩人的情感的感歎詞。這也是楚辭句式的顯著特點。「楚辭」之又所以稱「辭」，是與用了這個「兮」字有關係。

楚辭的句式比較靈活，四言、五言、六言、七言不等，參差變化，不限一格，一改詩經以四言爲主的呆板模式。詩經的篇章結構以短章重疊爲主，短則數十字，長則百餘字，内容相對單一，只截取生活中一個片斷，無法敘述比較複雜、曲折、完整的故事。楚辭突破了這個局限，像離騷這樣的宏篇巨製，洋洋灑灑，三百七十三句，二千四百九十字，至今仍是最偉大的浪漫主義抒情長詩，表現了詩人自幼至老、從參與時政到遭讒被疏，極其曲折的生命歷程；撫今思古，上天入地，抒瀉了在較大時空跨度中的複雜情感。從音樂結構分析，楚辭和詩經一樣，原本都是配上音樂的樂歌。詩經只是一遍又一遍的短章重複演奏，而楚辭有「倡曰」、「少歌曰」、「重曰」，表示樂章的變化，比詩經豐富得多。最後一章，必是衆樂齊鳴，五音繁會，氣勢宏大的「亂曰」。

楚辭的地方特徵，不僅僅是詩歌形式上的變化和突破，更重要的在於精神内容方面的因素。南國楚地三千里，風光秀麗，山川奇崛，楚人既沾濡南國風土的靈氣，又秉習其民族素有「剽輕」的遺風，陶鑄了楚人所特有的品格。楚辭更是「得江山之助」，在聲韻、風情、審美取向、精神氣質等方面，無不深深地烙上了南方特色的印記，染上了濃厚的「巫風」、神怪氣象，動輒駕龍驂鳳，驅役神鬼，遨遊天庭，無所不至。至其抒發情感，激越獷放，一瀉如注，較少淳厚平和的理性思辨，和中原文化所宣導的「不語怪力亂神」、「温柔敦厚」風氣比較，確實有些區別。

屈原是一位富於創造精神的文化巨匠，他置身於大河、長江的崑崙源頭，俯視於南北文化交融的臨界綫。一方面既保持着楚人特有民族性格，自强不息的精神面貌，富有想象的浪漫情調；另一方面又廣泛吸取、融會中原的理性思想，繼承詩經的道德傳統精神。故而在他的作品中，儘管有大江兩岸、南楚沅湘的旖旎風光、濃豔色彩，但幾乎不曾提到楚國的先王先賢，而連篇累牘的都是爲中原文化所公認的歷史人物：堯、舜、禹、湯、啓、后羿、澆、桀、紂、周文王、武王、皋陶、伊尹、傅説、比干、吕望、伯夷、叔齊、甯戚、伍子胥、百里奚等。在屈原的神話傳説中，除九歌中的湘君、湘夫人、山鬼三篇外，像太一、雲中君、東君、司命、河伯、女岐、望舒、雷師、屏翳、伏羲、女媧、虙妃等，都不是楚國固有的神靈，也没有一個是楚人所獨有的神話故事。離騷開頭稱自己是「帝高陽之苗裔」，高陽是黄帝的孫子，其發祥之地，在今河南省的濮陽，不也是中原人的先祖嗎？ 總之，楚辭是承接詩經之後的一種新詩體，二者同源於大中華文化，是不能割切開來的。更不能説，楚辭是獨立於中華文化以外的另一文化系統。如果片面强調楚辭的地域性、獨立性，也是不妥當的。

楚辭對於後世文學創作的影響是非常巨大的，像司馬遷、揚雄、張衡、曹植、阮籍、郭璞、陶淵明、李白、杜甫、李賀、李商隱、蘇軾、辛棄疾等各個歷史時期的名家巨子，沿波討源，循聲得實，都不同程度地從屈原的辭賦中汲取精華，吸收營養，形成了一個與詩經並峙的浪漫主義傳統的創作風格。在中國文學史上，後世習慣上説「風、騷並重」，指的是現實主義和浪漫主義的兩大傳統精神。由此想見，屈原對於中國文學的偉大貢獻是無與倫比的，屈騷傳統精神更是永恒不朽的。

正因如此，研究中國詩學，構建中國文學史及中國文化史，楚辭無論如何是繞不開的。而讀楚辭、研究楚辭，必須從其文獻起步。據相關書目文獻記載，自東漢王逸楚辭章句以來至晚清民初的兩千餘年間，各種不同的楚辭注本大約有二百十餘種。綜觀現存楚辭文獻，大抵以王逸章句與朱熹集注爲分界： 在朱熹集注以前，基本上是承傳王逸章句，而明、清以後，基本上是承傳朱子集注。由我主編且於二〇一四年國家圖書館出版社出版的楚辭文獻叢刊，輯集了二百〇七種，應該蒐録的注本，基本上已彙輯於其中了。遺憾的是，由於這部叢書部帙巨大，發行量也極有限，普通讀者很難看到。且叢書爲據原書的影印本，没作校勘、標點，對於初學楚辭者，尤爲不便。

有鑑於此，我們與上海古籍出版社合作，從中遴選了二十五種，均在楚辭學史上具有影響，爲楚辭研究者必讀之作，分别予以整理出版，滿足當下學術研究的需要，而顔之曰楚辭要籍叢刊。其二十五種書是：漢王逸楚辭章句，宋洪興祖楚辭補注，宋朱熹楚辭集注，宋吴仁傑離騷草木疏附清祝德麟離騷草木疏辨證，宋錢杲之離騷集傳，明汪瑗楚辭集解附汪仲弘天問補注，明陸時雍楚辭疏，明周拱辰離騷草木史，明陳第屈宋古音義，明黄文焕楚辭聽直，清林雲銘楚辭燈，清王夫之楚辭通釋，清丁晏楚辭天問注，清蔣驥山帶閣注楚辭，清戴震屈原賦注附初稿本，清胡濬源楚辭新注求確，清陳本禮屈辭精義，清劉夢鵬屈子楚辭章句，清朱駿聲離騷賦補注，清王闓運楚辭釋，清馬其昶屈賦微附初稿本屈賦晢微，日本西村時彦楚辭纂説、屈原賦説，日本龜井昭陽楚辭玦等。參與點校者，皆多年從事中國古典文獻研究、尤其是楚辭文獻研究，是學養兼備的「行家裏手」，其對於所承擔整理的著作，從底本、參校本的選定，出校的原則及其前言的撰寫等，均一絲不苟，功力畢現，令人動容。但是，由於經驗、水平不足，受到各種條件限制（如個别參校本未能使用），且多數爲首次整理，頗有難度，因而存在各種問題，在所難免，其責任當然由我這個主編來承擔。敬請讀者批評指瑕，便於再版改正。

前言

屈原楚辭作爲中國古典文學的兩大源頭之一，對歷代文學的發展影響深遠，正像劉勰所説，「其衣被詞人，非一代也」。而楚辭的研究也相應成爲專門之學，著述宏富，蔚爲壯觀。諸家或主訓詁，或重義理，或偏考據，雖然關注焦點並不相同，但總以疏通文字、繹讀章句、體貼本心爲旨歸。陳本禮屈辭精義就是這衆多箋注訓讀著作當中，追尋微言大義，推究篇章脈絡，從文學角度來釋讀楚辭，進而領會屈原爲文用心的代表之作。

陳本禮（一七三九—一八一八）字嘉會，號素村，江都人。光緒江都續縣志有傳，稱他：「幼好學詩文，吐棄一切。家多藏書，有別業名瓠室，收儲宏富。與玲瓏山館馬氏、石研齋秦氏埒。勤於考訂，丹黄不釋手。或得宋本精槧，尤珍襲藏之。著有屈辭精義、漢樂府三歌註、協律鉤玄、急就探奇，名瓠室四種。又著有焦氏易林考正、揚雄太玄靈曜。」陳本禮雖終身布衣，卻勤劬於學，硯耕不輟，屈辭精義就是積其數十年研讀楚辭的心血結晶。

據其自序，陳本禮「幼即嗜騷」。他的摯友張曾在戊子（乾隆三十三年，一七六八）夏日作江上讀騷圖歌，感慨「陳君何爲亦讀騷，年少風神慕輕舉」，而這時陳本禮才不過三十歲。多年浸淫其中，陳本禮一方面傾慕屈子志行、歆愛楚辭文句，另一方面又痛感歷代注家「總無當於作者之心」，於是嘉慶辛未（十六年，一八一一）著手箋注，一年之中稿凡五易，次年又重加訂正，終於刊成屈辭精義六卷，自爲一家之説。其手稿尚有離騷部分留存，姜亮夫、陶秋英將其整理校訂，以陳本禮離騷精義原本留真之名出版。手稿雖以提示篇章脈絡爲主，但仍有字句訓詁内容，甚至卷末還專設楚辭叶音以探討用韻。核以定本，則知陳本禮箋注的本旨，最終歸結於推闡微言大義。故而訓詁内容進一步刪略，而叶音也散於正文之下，從而使得主旨更趨顯明。原稿大題爲離騷精義，顯然是沿用舊説，以「離騷」來綜括屈子之作，宋人早已駁爲未見妥適。刊本更以「屈辭」，當是採用了漢書藝文志「屈原賦二十五篇」這一著録之意。不過刊本的目録，仍然題爲離騷精義目録，似乎是改而未盡的痕跡。標揭「精義」一語，突出了作注用意所在。字句訓詁方面，歷代注家早已盡其心力，剩義無多。而釋事忘義，拘乎句下，則無當於披求文髓。因而推求微言大義，不失爲陳本禮立意求新、勇於自見的適宜門徑。

屈辭精義卷首爲自序、張曾江上讀騷圖歌，後接目録、略例，參引諸家、史記列傳、沈亞之外傳。正文分六卷，卷一離騷；卷二天問；卷三招魂、大招；卷四九章，據正文依次爲惜誦、抽思、思美人、涉江、哀郢、悲回風、惜往日、懷沙、橘頌；卷五九歌，依次爲東皇太一、雲中君、湘君、湘夫人、大司命、少司命、東君、河伯、山鬼、國殤、禮魂；卷六遠遊、卜居、漁父。其篇目編次以史記所述屈子作品先後爲準，故與諸本多不同。篇數爲二十七篇，與漢志「二十五」之數不合，則是有取於朱冀騷辯之説，認爲山鬼、國殤、禮魂三篇，實自祀鬼一章中分出，因而總數仍歸於二十五篇。卷末附録自道注書甘苦的四首絶句與跋。從箋注體例來説，篇首先列發明，抉發一篇大意，爲提綱挈領性質的解題文字；接下來是被詳細析分爲章句的楚辭本文，正文中附註字詞訓詁與典實，以簡明有當爲主，并隨文繹説文句大意，用韻處則附註叶韻；各章之後爲體現陳本禮見解的箋。無論是正文當中，還是小節之後，皆適當節引前人註解，以相互發明。若别有新説，則另列正誤一欄，來糾正舊説之謬。前三卷板框之上偶有眉注，亦以串説大意爲主。

此書新見頗多，陳本禮也自謂「獨開生面」。就大端而言，如陳氏以讀賦之法溯及楚辭，從而發現「騷有賦序」，遂據此劃分層次，眉目清豁，頗便省覽。天問奇幻錯落，似乏章法可尋，而陳本禮取則於王逸「書壁呵問」之解，徑以此爲屈子題圖之作，并通計全篇，認爲共題畫百有十六，在解釋文意錯綜奇變方面實能自圓其説。九章各篇，舊注多有拘囿時地之弊，陳本禮則認爲「應分懷、襄兩世之作」，并指出橘頌爲自喻之作，體近乎頌，風格與他篇不類，屬於屈子早年作品，這也得到後世學界的認可。至於舊注中扞格難通之處，如「啓棘賓商」、「試上自予」等，幾乎言人人殊，而陳本禮亦能爬梳剔抉，别出新解且言之成理。本文方面，此書參用諸本。注釋方面，徵引宏富，尤以子部雜家爲多。評注方面，此書在書首明確列出的參引歷代注騷之作達三十七家，實際披覽當逸出此數。特别是此書引述陳銀楚辭發蒙達十六條，這一閨秀注騷濫觴之作藉此得存梗概，彌足稱賞。

此書最突出之處，似莫過於細繹文本，抉發文心。陳本禮熟悉文本，常能上繫下聯，體察屈子本心，設身處地以作釋讀，多可切中肯綮。如美人喻君是楚辭常見手法，陳氏注「恐美人之遲暮」，指出：「『美人』句乃離騷命意入題處，爲全騷之根，後文『求女』諸章皆從此處發脈。末則歸到『西海爲期』，又專爲此西方之美人也。此如靈芽初茁，循其脈而尋之，則千枝萬葉，無非一本之所發也。讀至『國無人，莫足與爲美政』，『美人』二字雙收，則葉落歸根，仍不離乎宗祖。此一篇之大旨也。」這就既指出「美人」用法之用意，同時將整篇中用例細加比對，從文脈結構角度闡釋其功用，并不忘指出結尾用例屬於呼應前文，揭明題旨。注雲中君，又以爲：「九歌『靈』字有指巫言者，如上章『靈偃蹇兮姣服』是也；有指神言者，如此章及東君『靈之來兮蔽日』是也。亦若經言『美人』，可以比君，亦可以自喻。若如諸家泥說，則屈子名靈均，而稱君不可以名『靈修』矣。且東皇章，舊詁既以『靈』字指神，而下文『君』字又何所指耶？」足見陳氏立足文本，不拘泥於成説，隨文敷繹而能前後貫通。如果未能通觀全部作品，細加比勘勾連，是難以達到這一認識的。尤其難能可貴的是，陳本禮往往忖度人情，揣摩心態，所揭示人物心跡頗有栩栩如生之勝。如大招中侈言美色一段，舊注多認作以此誘召懷王之魂，而陳氏直言：「懷王生前內惑於鄭袖，外欺於張儀，兵挫地削，卒死於秦，爲天下笑。此懷王九泉之下所不瞑目者，今三閭慟哭招魂，冀其復生，豈忍以此種喪身尤物，極口贊美？非但自己病狂喪心，抑且落於譏訕；況原既不能諫之於生前，而欲娱之於死後，亦可謂愚矣。在他人尚不可，何況屈子乎？」真有披文入情、直見人心之妙。至於析分篇段，推揚比興，講求脈絡，則書中在在皆是。可以説，在乾嘉樸學盛行之際，陳本禮屈辭精義以不同於學人注書的風格，成就了文人注騷的範例。

當然陳氏刻意求新，此書偶有過度釋讀之嫌。如謂懷王在位三十年而鮮莊王問鼎之心，出自屈子潛移默化之功，這恐怕只能算是陳氏一己之願。篇目次序一味求古，據依史記，也渾然不顧此非著録之書。而叶韻之説更是不諳古今音變，忽略其時已有考據成果的表現。不過陳氏本意在於「探賾索隱，務期大暢厥旨」，屈辭精義應該説實現了這一自我期待。

此書有嘉慶壬申（十七年，一八一二）陳氏裛露軒家刻本，亦收入道光年間彙印的江都陳氏叢書。結合各家圖書館所藏屈辭精義單種，可見諸本略有不同。如一本參引書目只有三十六種，未少屈騷心印一種；陳氏自序後亦無「陳本禮印」、「素村」兩印；另本參引諸家裝池於略例之前；註文偶見增補，眉注數目也互有參差。不過書版版框皆四周雙邊，上下黑口，每半葉大字八行行二十一字，版式、字體、正文内容完全相同，因而這種細微的差異應該是出於同版先後刷印之際的增修。

兹次整理，即以裛露軒刻本爲底本，補全註文，而將各印本眉注加以輯録彙總，作楷體字次於相應正文之後，以期得其全貌。底本文字如有訛、脱、衍、倒等，改正後出校記説明。爲反映底本原貌，異體字、俗體字、古字等，酌情保留。限於識力，不足之處敬希高明指正。

丙申孟夏，慈波謹識於江南文化研究中心。

總目

屈辭精義卷之五……二〇五

屈辭精義卷之六

序

劉勰曰：「不有屈原，豈見離騷？」顧造物生人，同資化育，何孤臣孽子，天必厄其所遇，戾其所爲，窘之迫之，置之於莫可如何之地？蓋欲磨礱其大節，苦礪其貞操，俾其精誠所結，在天爲星辰，在地爲河嶽，夫然後知天之所以成之者至矣。若屈子者，豈不可謂天之成之者歟？忠不見信，冤莫能白，其發而爲騷，亦惟自寫孤忠、泣遊魂於江上耳。而不知其微辭奥旨，實能動天地而感鬼神。惜當時及門如宋、景輩，諱楚之忌，不敢明發其鑄辭本意，以致微文愈隱，幽怨莫宣。幸漢孝武愛騷，命淮南作傳而義以明；龍門作史而旨益顯。此亦千載一時之知遇也。迨王叔師章句出，而騷反晦。唐宋諸儒不能闖其藩籬，踵其悠謬，愈襲愈晦，使後之讀者，望洋向若，莫之適從。嗟乎！此豈讀騷者之過？不善讀騷者之過也。予幼即嗜騷，苦無善本。曾寫江上讀騷小影，戊子夏，承丹徒石駟山人，不惜蒲團午夜，苦吟三日夕，爲賦讀騷長歌。邇來四十四年矣。今春雪窗呵硯，不憚眼昏筆拙，復檢舊讀，研其精義，正其譌誤，探賾索隱，雖不敢自命註騷，然於騷之命脈，竊有窺於一管。不揣固陋，畧爲詮釋，庶廬山面目，得以一洗塵昏於二千年後，不致沈埋於霾雲宿霧中。實亦賴屈子之靈，有以陰相默助，以底於成也。書成，爰志其始末，並載石騆先生長歌於卷首，以識不忘地下老友朂望之意。嘉慶辛未長至日，邗江耕心野老素村陳本禮漫識於水南瓠室山房。

江上讀騷圖歌

騷經名篇二十五，楚國無風屈原補。後人擬騷終不似，漢王逸始能章句。惟楚山川草木奇，奇文蔚起詞賦祖。辯騷有劉勰，纂騷有孝武。反騷有揚雄，詆騷有班固。痛飲讀騷王孝伯，投書弔騷賈太傅。挹鬱哀怨情何深，以此諷君君不悟。卒章亂詞三致志，牢愁那得知其故？沈淵應共冤魂語，直接騷人惟李杜。廣陵陳君好奇古，恨不與古爲儔侶。君家老蓮繡騷像，君家陳深作騷譜。我生庚寅同屈子，憔悴形容多不遇。陳君何爲亦讀騷？年少風神慕輕舉。君欲工詩賦遠遊，遠遊託興知何所？若有人兮在江渚，蘭舟桂檝何容與。點點楚山青，瀟瀟楚天雨。瑟瑟楓樹林，黯黯涔陽路。驚瀾奮湍欲流不得流，明星皓月欲吐不得吐。長鯨蒼虬偃蹇亦何怒，我欲攜君洞庭之南、瀟湘之浦。一讀再讀三四讀，纏綿往復斷還續。前歌九歌後九章，猩啼鬼嘯湘妃哭。天不可問，居不可卜。忠不見信，神不能告。悲回風兮惜往日，可憐終葬江魚腹。醒何如醉，清何如濁？何不從衆女，豈必處幽獨？寂寞千秋萬歲名，眼前但得一杯足。吁嗟乎！讀騷者何人，抗志拔流俗。古今善讀騷，莫如李昌谷。左景差，右宋玉，淮南王安上下相追逐。江南庾信老波瀾，千里哀傷空極目。陳君讀騷得騷骨，偉辭自鑄氣清淑。君今三十立修名，集芙蓉裳餐秋菊。泬寥四顧莫我知，美人含睇横波緑。

京江石飄山人張曾撰

離騷精義目録

【校勘記】

① 原本九章細目作「惜誦、思美人、涉江、惜往日、抽思、哀郢、悲回風、懷沙、橘頌」，據正文順序改。

屈辭精義畧例

一、騷之稱「經」，見王叔師序，曰「孝武使淮南王安作離騷經章句」，則「經」字乃漢儒所加，而後人指爲僭經。又漢書傳曰「初安入朝，獻所作内篇，上愛秘之，使爲離騷傳」，則是淮南奉詔作傳，當另有傳文，非僅以天問以下諸篇名之爲傳也。自傳文放佚，舊目未删，後儒不考其由，輒爲訾議。幸太史公屈原列傳尚載有「國風好色而不淫」五十二字，猶是離騷傳中語也，可以窺見一斑。

一、篇目編次，自劉向裒集離騷、九歌、天問、九章、遠遊、卜居、漁父外，列入九辯、惜誓、招隱士、七諫、哀時命、九懷、九歎，共十六篇，爲總集之祖。唐宋以來，未之有易。至明黄文焕始專取屈子二十五篇之文，益以招魂、大招，爲屈子一家言。迨後林西仲、蔣涑塍皆祖其説。然於篇目前後移易，則各成其是。余惟漢儒去古未遠，當以太史公所讀古本爲定。太史曰：「余讀離騷、天問、招魂、哀郢，悲其志。」蓋離騷乃騷之總名，自應首列。天問次之，二招又次之。哀郢乃九章篇名，則九章宜繼二招後。九歌爲巫覡祀神之樂章，遠遊則莊生世外逍遥語，皆騷之逸響。而以卜居、漁父終焉者，騷之變體也。

一、騷有賦序，自「帝高陽」起，至「故也」止，乃騷之賦序，漢人三都、兩京賦序之祖。前人未曾考訂，而昭明文選又删去「曰黄昏爲期」二語，遂使序與經文淆混。遥遥二千年來，讀者皆如夢中。不但以二語爲衍文，而於文義重複難通處，輒穿鑿以彌縫之。故詞愈支而義愈晦矣。此豈廬山真面目耶？今於書中凡有賦序者悉爲標出，頓見眉目清醒，而章法次第益復燎然。

一、天問論古事，書法原本楚史檮杌，然於崇伯鮌則多恕辭。蓋傷其婞直沈淵，跡有類乎己。於羿、浞、澆多貶辭，所以寒亂臣賊子之胆。於湯、武多微辭，特伸大義於當時，以弭楚寇周之謀也。按綱目周赧王三十四年書：「楚謀入寇，王使東周武公謂楚令尹昭子曰：『西周之地不過百里，而名爲天下共主；而攻之者，名爲弑君。』」尹起莘曰：「楚自屈匄敗亡後，其君執死於秦，其子繼立，自救覆亡之不暇，乃欲謀周，甚矣！前史止述圖周，至綱目始正其『入寇』之名，其罪不在嬴秦下。」讀尹氏此論，則知天問歷述三代征誅放伐之事而語多微詞者，義蓋有在。楚自熊通稱王，楚莊問鼎，世有無君之心。迨懷王在位，三十年未聞有此舉者，焉知非屈子之言潛移默奪之耶？至頃襄時，屈子放逐，久且聽讒而欲逼之死，焉能用其言哉？此義歷來註家從無齒及，故特爲發明，以告世之讀天問者。

一、九章之文，應分懷、襄兩世之作。惜誦、抽思、思美人作於懷王時，哀郢以下則頃襄時作也。橘頌乃三閭早年咏物之什，以橘自喻，且體涉於頌，與九章之文不類，應附於末。舊次未分，且有謂橘頌乃原放於江南時作，未可爲據。

一、騷經體兼風雅，前賢論之詳矣。然未知天問是題圖之作；二招乃託諷之詞；惜誦格稱問答；懷沙自祭哀辭；湘君、夫人比興雖殊，篇聯一氣；大、少司命天星同傳，並轡揚鑣；山鬼實解嘲之祖；遠遊闢遊仙之逕；卜居詞創荅賓；漁父文成客難；河伯則「伊人宛在」；東君則「日出入安窮」。餘若悲回風之寤嬋娟，儼若娑婆門咒鬼，地獄現像。此皆筆有化工，思入玄渺，故能神怪百出，後三百而爲開山之祖，豈秦漢而下之才人所能彷彿哉？

一、烹詞吐屬之妙，天籟生成。其淒其處如哀猿夜叫；醲郁處如旃檀香焚；鮮豔處如琪花綻蕊；蒼勁處如古柏參天。其繪聲繪色處如吳道子畫諸天，無美弗備；其經營慘澹處，如神斧鬼工，巧妙入微。然又皆從至性中流出，非斤斤以篇章字句矜奇炫巧也。

一、采輯衆説，皆掇其能闡揚奥義，或足發明言外之義者。探玄珠於赤水，識良璧於荆山。要在機神切中肯綮。若語無關乎痛癢，或似是而非，或鑿空謬贊，老生常談，槩置弗録。

一、註中訛謬，有因相舛而誤者，有因踵訛而誤者。如伯陽之「陽」訛「强」，「康謀」之「康」訛「湯」，「啓秉季德」訛「該」，「謚上自予」訛「試」，此因別字而訛也。若夫故實之誤，故「啓棘賓商」乃啓賓商均事，而註引山經「上賓於天」之文以實之；「獻蒸肉之膏」乃羿弑帝相事，而註謂「以豕膏祭天」。「焉得夫朴牛」乃上甲微伐有易事，而註謂「湯出獵，得大牛」；「眩弟並淫」指慶父①、叔牙，而註謂指象；「何馮弓挾矢」，美季歷也，註謂指稷；「彭鏗斟雉」，「雉」乃飲器，註謂「斟雉羹饗堯」；「謚上自予」乃子囊謚楚共王事，註謂「昭王奔隨」。凡此皆訛誤之大者，不敢貽誤後人，故列「正誤」一條。餘若謏聞曲説，筆不勝載，故畧之。

一、前人論騷，如黄文焕之十八聽、蔣涑塍之餘論、林西仲之説例、魯雁門之讀法，非不娓娓動聽，然語多穿鑿，未臻上乘，非真三昧。

一、林西仲纂有懷襄二王事蹟，以備讀者參考。蔣涑塍因西仲本，復輯楚世家及左、國諸書，附以己見，補繪楚地理五圖，較西仲氏爲詳，不能備載，姑闕之。

一、蔣涑塍有楚詞説韻，苦於太繁；劉雙虹楚辭叶音又嫌其太簡。蓋楚都地屬周南時之漢廣，字多楚音。士人汲古漱芳，未有不熟二南；而能讀楚詞者，考古音而叶古韻，是在知音者。今各叶句下，若叶韻前文已見，而後有再叶者，則止書叶而不書韻，省繁也。

一、古詩分章創自喜起，三百繼之，有賦、有比、有興。楚辭古本不分章句，至朱子始分之。後人有分有不分，然分之眉目始清，脈絡亦易於尋覓。蓋章猶解也，漢樂府用解者，便於歌也。其間音節之頓挫、聲調之抑揚，悉於解中見之。楚辭亦歌也，所謂「行吟澤畔」者，「長歌當哭」之意也。其間章各有旨，句各有意，字各有法，總不欲使人一覽而盡。至於音調之高朗，又全乎天籟矣。

一、離騷圖創自實父仇氏，家洪綬亦繪有九歌圖，本朝蕭尺木從而廣之，合三閭、鄭詹尹、漁父爲一圖。九歌九圖，天問五十四圖，曾經乙覽。高宗壬寅，特命内廷補繪離騷三十二圖、九章九圖、九辯九圖、招魂十三圖、大招七圖、香草十六圖，足稱大觀，爲士林雅製。惜不能摹繪諸圖，弁諸書首，傳之人間，以廣見聞，是所歉也。

一、古今從無閨秀註騷者，康熙庚寅，有練湖女子姓陳名銀者，註楚辭發蒙五卷。自序「垂髫口授楚辭二十五篇，曾遍閱漢唐以下三十一家評本，而嫌其重複拖沓，荒淫鄙瑣，可憎可厭」，其言切中諸家之弊，可謂讀騷有識者矣。然惜其仍落前人窠臼，未能拔乎其萃，特有一二可異者。「美人遲暮」句，註云「至此方入題」；又招魂「遺視矊些」句，註云「此所謂『臨去秋波那一轉』也」。二語恰與予同，大奇。此書無刊本，識此以存其人。

一、拙註倆「箋」，仿鄭康成註毛詩例。各有發明，以發前人未發之義。其中間有未盡及文外之意，附註於後，以便讀者參觀。

一、所采諸家均有姓氏總目，註中惟記書名，不標姓氏，亦省繁也。

【校勘記】

①「父」，原脱，據此後注文補。

參引諸家

離騷傳淮南王劉安
離騷章句王逸
辨騷劉勰
史通劉知幾
文選六臣註李善　吕延濟　劉良　張銑　吕向　李周翰
天對柳宗元
離騷補註洪興祖
離騷集註朱晦菴
離騷草木疏吴仁傑
離騷集傳錢杲之
楚詞疏陸時雍
文選瀹註閔赤如

天問別註周拱臣
閔本批點陳深
繪像楚詞來欽之
楚詞聽直黄文焕
楚詞評林沈雲翔
離騷解義李安溪
天問補註毛奇齡
楚辭鐙林雲銘
離騷正義方靈臯
文選評何義門
屈辭洗髓徐文焕
離騷節解張德純

楚辭評註王萌　姪王遠
文選評註方榕川
楚詞詳解奚蘇嶺
騷辯朱冀
離騷彙訂王貽六
離騷新註屈復
山帶閣註蔣驥
楚詞節註姚培山
楚詞約註高秋月
楚詞讀本方人傑
楚辭發蒙練湖女子陳銀
文選音義余簫客
屈騷心印夏大霖

史記列傳

屈原者，名平，楚之同姓也。爲楚懷王左徒，博聞彊志，明於治亂，嫺於辭令。入則與王圖議國事，以出號令；出則接遇賓客，應對諸侯。王甚任之。上官大夫與之同列，爭寵而心害其能。懷王使屈原造爲憲令，屈平屬草藁未定，上官大夫見而欲奪之，平不與，因讒之曰：「王使屈平爲令，衆莫不知。每一令出，平伐其功，曰：『非我莫能爲也。』」王怒而疏平。平疾王聽之不聰也，讒諂之蔽明也，邪曲之害公也，方正之不容也，故憂愁幽思而作離騷。離騷者，猶離憂也。夫天者，人之始也；父母者，人之本也。人窮則反本，故勞苦倦極，未嘗不呼天也；疾痛慘怛，未嘗不呼父母也。屈平正道直行，竭忠盡智以事其君，讒人間之，可謂窮矣。信而見疑，忠而被謗，能無怨乎？屈平之作離騷，蓋自怨生也。國風好色而不淫，小雅怨誹而不亂，若離騷，可謂兼之矣。上稱帝嚳，下道齊桓，中述湯、武以刺世事，明道德之廣崇，治亂之條貫，靡不畢見。其文約，其辭微，其志潔，其行廉，其稱文小而其指極大，舉類邇而見義遠。其志潔，故其稱物芳；其行廉，故死而不容自疏。濯淖汚泥之中，蟬蜕於濁穢，以浮游塵埃之外，不獲世之滋垢，皭然泥而不滓者也。推此志也，雖與日月爭光可也。屈平既絀，其後秦欲伐齊，齊與楚從親，惠王患之，乃令張儀佯去秦，厚幣委質事楚曰：「秦甚憎齊，齊與楚從親，楚誠能絶齊，秦願獻商於之地六百里。」楚懷王貪而信張儀，遂絶齊，使使如秦受地。張儀詐之曰：「儀與王約六里，不聞六百里。」楚使怒去，歸告懷王。懷王怒，大興師伐秦。秦發兵擊之，大破楚師於丹、淅，斬首八萬，虜楚將屈匄，遂取楚之漢中地。懷王乃悉發國中兵，以深入擊秦，戰於藍田。魏聞之，襲楚至鄧。楚兵懼，自秦歸，而齊竟怒不救楚，楚大困。明年，秦割漢中地與楚以和。楚王曰：「不願得地，願得張儀而甘心焉。」張儀聞，乃曰：「以一儀而當漢中地，臣請往如楚。」又因厚幣用事者臣靳尚，而設詭辯於懷王之寵姬鄭袖，懷王竟聽鄭袖，復釋去張儀。是時，屈平既疏，不復在位，使於齊，顧反，諫懷王曰：「何不殺張儀？」懷王悔，追張儀不及。其後諸侯共擊楚，大破之，殺其將唐昧。時秦昭王與楚婚，欲與懷王會。懷王欲行，屈平曰：「秦虎狼之國，不可信，不如無行。」懷王稚子子蘭勸王行：「奈何絶秦驩？」懷王卒行，入武關，秦伏兵絶其後，因留懷王以求割地。懷王怒不聽，亡走趙。趙不內，復之秦，竟死於秦而歸葬。長子頃襄王立，以其弟子蘭爲令尹。楚人既咎子蘭以勸懷王入秦而不反也，屈平既嫉之，雖放流，睠顧楚國，繫心懷王，不忘欲反，冀幸君之一悟，俗之一改也。其存君興國而欲反復之，一篇之中三致志焉。然終無可奈何，故不可以反，卒以此見懷王之終不悟也。人君無智愚賢不肖，莫不欲求忠貞以自爲，舉賢以自佐，然亡國破家相隨屬，而聖君治國累世而不見者，其所謂忠者不忠，而所謂賢者不賢也。懷王以不知忠臣之分，故內惑於鄭袖，外欺於張儀，疏屈平而信上官大夫、令尹子蘭，兵挫地削，亡其六郡，身客死於秦，爲天下笑。此不知人之禍也。易曰：「井渫不食，爲我心惻，可以汲。王明，並受其福。」王之不明，豈足福哉？令尹子蘭聞之大怒，卒使上官大夫短屈原於頃襄王，頃襄王怒而遷之。乃作懷沙之賦，於是懷石自沈汨羅以死。後有楚宋玉、唐勒、景差之徒者，皆好辭而以賦見稱，然皆祖屈原之從容辭令，終莫敢直諫。其後楚日以削，數十年竟爲秦所滅。自屈原沈汨羅後百有餘年，漢有賈生名誼，渡湘水，爲賦以弔屈原。

太史公曰：余讀離騷、天問、招魂、哀郢，悲其志。適長沙，觀屈原所自沈淵，未嘗不垂涕，想見其爲人。及見賈生弔之，又怪屈原以彼其材，游諸侯，何國不容，而自令若是？讀服鳥賦，同死生，輕去就，又爽然自失矣。

屈原外傳

唐沈亞之

昔漢武愛騷，令淮南作傳，大概屈原已盡於此，故太史公因之以入史記。外有一二三逸事，見之雜紀、方志者尤詳。屈原瘦細美髯，丰神朗秀，長九尺，好奇服，冠切雲之冠。性潔，一日三濯纓。事懷、襄間，蒙讒負譏，遂放而耕，吟離騷，倚耒號泣於天。時楚大荒，原墮淚處，獨產白米如玉，江陵志有「玉米田」，即其地也。嘗遊沅、湘，俗好祀，必作樂歌以樂神，辭甚俚。原因棲玉笥山，作九歌，托以風諫。至山鬼篇成，四山忽啾啾若啼，嘯聲聞十里外，草木莫不萎死。又見楚先王廟及公卿祠堂，圖畫天地山川神靈，琦瑋僪佹，與古聖賢怪物行事，因書其壁，呵而問之。時天慘地愁，白晝如夜者三日。晚益憤懣，披蓁茹草，混同鳥獸，不交世務。采栢實，和桂膏，歌遠遊之章，托遊仙以自適。王逼逐之，於五月五日遂赴清泠之水。其神遊於天河，精靈時降湘浦，楚人思慕，謂爲水仙。每值原死日，必以筒貯米投水祭之。至漢建武中，長沙區回白日忽見一人，自稱三閭大夫，謂曰：「聞君嘗見祭甚善，但所遺並蛟龍所竊。今有惠，可以楝樹葉塞上，以五色絲轉縛之。此物蛟龍所憚。」回依其言。世俗作糉并帶絲、葉，皆其遺風。晉咸安中有吳人顔珏者，泊汨羅。夜深月明，聞有人行吟曰：「曾不知夏之爲丘兮，孰兩東門之可蕪？」珏異之，前曰：「汝三閭大夫耶？」忽不見其所之。江陵志又載：「原故宅在姊歸，鄉北有女嬃廟，至今擣衣石尚存。時當秋風夜雨之際，砧聲隱隱可聽也。」嘻，異哉！原以忠死，直古龍、比者流，何以没後多不經事？特千古騷魂，鬱而未散，故鬻熊雖久不祀，三閭之跡，猶時彷彿占斷於江潭澤畔、蒹葭白露中耳。

屈辭精義卷之一

江都陳本禮箋訂

離騷

發明　騷辭首變三百體製，爲詞賦之祖。其創格之奇，前有序，後有亂，中間往復鋪敘，情詞愷惻，一波未平，一波又起。「女嬃」以下諸章純用比喻，而幽衷苦意，一一曲繪而出。淮南王曰：「國風好色而不淫，小雅怨誹而不亂，若離騷，可謂兼之矣。」太史公曰：「其辭微，其志潔，其行廉，其偁文小而其指極大，舉類邇而見義遠。」千古以來，善説騷者，惟淮南與龍門二人而已。餘如子雲反騷、孟堅序騷，直門外漢。他若叔師章句、劉勰辯騷、柳州天對，固毋庸瑣瑣矣。

淮南王曰　國風好色而不淫，小雅怨誹而不亂，若離騷者，可謂兼之矣。蟬蜕濁穢之中，浮遊塵埃之外，皭然泥而不滓，推此志，雖與日月争光可也。

王逸曰　離騷之文，依詩取興。善鳥香草，以配忠貞；惡禽臭物，以比讒佞；靈修、美人，以媲君；

虙妃、佚女，以譬賢臣；虬龍、鸞鳳，以託君子；飄風、雲霓，以喻小人。其詞温而雅，其義皎而朗。

帝高陽帝顓頊，楚之先。之苗裔兮，朕皇考曰伯庸。屈子父字。攝提歲支在寅曰攝提格。貞正也。於孟陬寅月。兮，惟庚寅寅日。吾以降。叶洪，誕生也。

箋　開首標一「貞」字，便見生時已得乾剛四德之一。叙祖考，見世德之美。紀年月日，見生時之美。皆所謂「内美」也。

節解　首溯與楚同源共本，世爲宗臣，便有不能傳舍其國而行路其君之意。

皇皇考也。覽揆予於初度天之躔度初週，晬盤日也。兮，肇錫予以嘉名。名予曰正則兮，字予曰靈均。高平曰原，故名之以平，字之曰原。正則、靈均，釋名、字之義。都元敬曰：「正則、靈均，乃其小名、小字。」

【眉注】　「正則」、「靈均」跟上「貞」字來，乃伯庸取以名子之義。離騷明明自道，何以史遷曰名「平」又曰「原」者？豈古人果有乳名小字，如令尹子文之一名鬬穀於菟耶？

箋　禮：子生三月而名之，既冠而字之。三閭名、字不錫在一時。「度」者，天之躔度，日周天三百六十一度四分之一，又值始生之度。曰「初度」，齠齡成歲矣。若以初生爲「度」，豈胎髮未乾，遽即覽揆錫之以名、字乎？況取俎豆而提干戈，必待知識初開，而後可以覽其靈明聰慧也。

邵瑸曰　述世系、名、字，不言姓者，楚同姓也。已爲宗姓，乃遠述高陽，近不本封國者，大夫不敢祖諸侯之義。

正誤　初度，舊詁指爲氣度、爲時節及爲年月日，皆支首者，均誤也。

紛吾既有此内美兮，又重之以脩能。

天工。兮，紛字倒句。又重重用其力。之以修發蒙：「修」字是眼，結上生下。能。叶佴，學力。扈被。江蘺蘼蕪。與辟薜荔。芷兮，紉結。秋蘭以爲佩。「扈」、「紉」見「修能」之功用。

解義　扈者，被服在身，以喻德美。佩者，隨身取用，以興材能。

節解　蘭芳，秋而彌烈，君子佩之，所以象德。篇中香草取譬甚繁，指各有屬。此則首喻己之博采衆善，以爲修飾也。

汩水流疾貌。余若將弗及兮，恐年歲之不吾與。朝搴阰音毗。楚南山名。之木蘭兮，夕攬洲之宿莽。叶米。朝、夕，即若將弗及意。

解義　若將弗及，修之勤也。木蘭去皮不死，則德行益貞；宿莽經冬不枯，則材能彌茂。

發蒙　「汩」字新雋。已上自敘年譜，簡潔秀麗，開史、漢之先。

日月忽其不淹兮，春與秋其代序。惟草木草彫曰零，木隕曰落。之零落兮，恐美人之遲暮。上三句炤下美人，文法倒裝。發蒙：草木自喻，美人比君，此方入題。

箋　以美人稱君，本詩東兮之章。君子進德修業，既自强不息，尤欲君之及時用賢圖治也。「美人」句乃離騷命意入題處，爲全騷之根，後文「求女」諸章皆從此處發脈。末則歸到「西海爲期」，又專爲此西方之美人也。此如靈芽初茁，循其脈而尋之，則千枝萬葉，無非一本之所發也。讀至「國無人，莫足與爲美政」，「美人」二字雙收，則葉落歸根，仍不離乎宗祖。此一篇之大旨也。

不撫壯而棄穢兮，指上美人言。何不改乎此度舊染之污。也？棄乘。騏驥君用賢。以馳同「馳」。騁兮，臣効命。來勉而望之之詞。吾道導也。夫先路。通篇點睛扼要，在撫壯、棄穢、乘騏驥三層。故開首即痛切言之，非泛泛作指點語。

箋　此原欲以師保自任，如伊尹之相湯、周公之輔周也。君圖治則竭輔弼股肱之力，君用賢則盡吐哺握髮之忱。其規模宏遠，情詞懇切，直與伊訓、説命相表裏。此騷之所以稱經也。

正義　穢謂羣小，騏驥喻賢人。欲君去穢，故下言三后之用芳；欲導君以先路，故陳堯舜之遵道；欲諷君以改度，故述桀紂之窘步、邪徑之幽險；憂皇輿之敗績，故欲奔走先後，以及前王之踵武，皆所謂導以先路也。

昔三后禹、湯、文。之純粹兮，固衆芳之所在。叶紫。騷辯：三后純粹，雖聖德使然，要在乎信任衆芳。「在」字倒裝。雜叢萃。申椒與菌窘。桂兮，豈維紉乎蕙茝。純粹，德之精而一也。然非兼備善行，小大不遺，則無以爲純粹。故以衆芳比之，不專指賢才也。

節解 椒芳以實，菌芳以根，桂芳以皮，蕙茝以葉，博取而精采也。

辭鐙 椒、桂帶辣氣，以其香猶用之，不但用純香之蕙茝而已。喻逆耳之言亦能受也。

騷辯 大旨全側重任賢一邊。蓋用衆芳即是乘騏驥，乃本章之來路。衆芳蕪穢，又本章後文之去路也。如此看，方能前後脈絡貫通。

正誤 三后舊誤爲「三皇」，又有謞爲吕刑之三后者。

彼堯舜之耿光。介大。兮，發蒙：耿介，謂德性見巍焕氣象。既遵道光明正大之道。而得路。正路。何桀紂之昌被猖披。兮，夫惟捷徑邪徑。以窘步。

箋 由三后上溯堯舜，落出桀紂，正爲懷王痛下一鍼。

騷辯 文明之運，盛於中天；故德業之光大，必推堯舜。而堯舜治天下，莫先於爲天下得人，所以一切水火工虞，皆得其所當行之路，故能成其耿介，爲千古君臣極則也。桀紂不循是道，一味猖狂自恣，疏斥忠良，朝無正臣引君當道，故所行皆苟且不正之路，所以速其覆亡之禍，千古殷鑒也。

惟黨人偷《春秋》特書之例。之媮一作「偷」。樂兮，小人不知國家安危大計，日惟導君於聲色犬馬，縱恣媮樂，而不知國政日非、疆事日壞矣。路幽昧以險隘。叶搤。豈余身之憚殃兮，恐皇輿之敗績。

春秋書戰，大崩曰「敗績」。

箋　黨人爲罪之魁、禍之首也。路幽昧，則詭譎可知。險者設穽以陷人，隘者極力排擠，使人無容身之地。一人傾之，十人下石，所謂黨也。是時楚懷兵敗地削，子質於齊，受欺於秦，疆事日壞，國政日非，而在廷羣小不能臥薪嘗胆，猶日諂佞成風，苟安是圖。屈子宗臣，與國休戚相關，目不忍視，故大書特書，以重著其罪也。

忽奔走以先後兮，及前王之踵武。荃不敢顯言君，故以香草呼之。不揆余之中情兮，反信讒而齌怒。叶努。積怒含恨也。

發蒙：至此方點「讒」字，然已聲咽而不能出矣。而齌音劑。怒。叶弩。積怒含恨也。以齌怒。

騷辯　此指爲左徒時，與王圖議國政，直言正諫也。「奔走」，比遇事輒盡言，若惟恐赴救之無及，而竭蹶以趨也；「先」者，閑其邪於未形；「後」者，争其失於已著；「踵武」者，穆莊以來彊盛之遺跡也。其如黨人已有先入之言，而徒益君心之怒哉？

余固知謇謇之爲患兮，忍而不能舍叶墅。也。謇謇，固知爲取怒之根，無如事係安危，非宗臣所能恝置也。指九天以爲正兮，太史公曰：「人窮則反本，未有不呼天者。」此呼天之詞也。夫惟靈修稱君之詞。之故也。結出賦騷正意。

箋　已上離騷賦序。詞賦有序，自離騷始。先序其作騷之由，然後鋪陳始終而賦其事，以明之也。後世班孟堅、左太沖兩都、三都皆有序，實肇於此。前賢未經劃出，以致序與經文淆亂不分，故讀者每嫌其重複顛倒耳。

史通　離騷經首上陳氏族，下列祖考；先述厥生，次顯名、字。自敘發跡，實基於此。降及司馬相如，始以自敘爲傳，實馬遷、揚雄、班固自敘篇之祖。

右第一節序文　凡十一解，起如崑崙起祖，來脈甚遠；落如峯窩結穴，其義甚深，其氣甚厚，非一丘一壑所能盡其蘊也。

曰標經正文，故以「曰」字另起。黃昏以爲期兮，羌楚語，猶何爲也。中道而改路。叶若羅。

箋 親迎之禮，以昏爲期，此大夫自述筮仕之初，猶之女子適人，一經聘訂，遂以終身。黄昏爲期，「及爾偕老」之誓也。中道改路，則「不我屑以」，「不思其反」。此從谷風氓耑章之見棄於其夫也脱化而出。

正誤 案「黄昏爲期」二語，洪興祖曰：「王逸不註此二句，疑後人所增。」朱子曰：「洪説雖有據，安知王逸以前已脱此兩句耶？」考今王逸本，現有此二句，惟文選脱此二句，似昭明不知離騷有敘，特删此二語，使敘文聯成一篇，故後世以訛傳訛，實自昭明始也。

初既與余有成言兮，後悔遁遁辭，知其所窮。而有他。讀佗。余既不難夫離別兮，傷靈修之數化。叶訛。何評：不難別先頓一筆，伏後遠逝張本。

箋 成言，黽勉同心之言也。悔遁有他，則「女也不爽，士貳其行」矣。君既疏臣，則臣當引退。竊恐已棄之後，君心罔極，日變日化，不但不我能慉，反以我爲讐，是可傷也。

余既滋蘭之九畹二十畝。兮，又樹蕙之百晦。同「畝」。畦五十畝。留一作「畱」。夷與揭一作「藒」。車兮，雜杜蘅與芳芷。此是其平昔鞠躬盡瘁處。

箋　此言我既廣植蘭蕙，以備紉佩之用，又復多種香草，爲國家培植人材，亦猶旨蓄御冬之計。詎一朝齌怒，竟「不念昔者，伊余來塈」之時矣。

奚註　上二語喻己之修身不倦，下二語喻己之收羅賢才，以待進用，是兩層。

騷辯　此見疏後追遡爲左徒時，培植善類，期與共爲美政也。蘭爲國士之香，蕙似蘭而香不逮，殆質美而學未充者。留夷、揭車，香又次於蕙。皆可以備治繁劇之才，作應對之選。杜蘅、芳芷，小草之微香者，以比一藝之長無不兼收而並采也。

冀枝葉之峻茂兮，願竢時乎吾將刈。願及時而進用。**雖萎絶其亦何傷乎，**見身雖被疏而芳香不改也。**哀衆芳之蕪穢。**

箋　特恐己去之後，羣芳無主，士氣沮喪，必致變而爲穢矣。人之云亡，邦國殄瘁，豈不哀哉？

奚註　承上章。言本欲儲才以待己之進達，今己雖見絶於君，亦何傷乎？可哀者，衆賢皆廢也。愀然有一君子退，衆君子皆退，一小人進，衆小人皆進之感。

解義　三后之盛，所資者衆芳耳。我昔爲國培植，冀其及時收用；今則不傷其萎絶，而哀其蕪穢。雖萎絶，芳性猶在也；蕪穢，則將化而蕭艾，是乃重可哀已。

衆頂上衆芳。皆競進以貪婪兮，憑楚人謂滿曰「憑」。不厭乎求索。讀素。貪婪無厭，總不滿慾。羌内恕己以量人兮，責己則暗，責人則明。各興心而嫉妬。

箋　此專指蕪穢之衆芳言，蓋黨人不足責矣。兹所樹之一二君子，猶望其砥礪廉隅，扶持世道，不意衆皆競進而入於黨人之局，日流於貪索而不厭，反責人之不己若，各興心而嫉妬也。

忽馳騖以追逐兮，非余心之所急。老冉冉其將至兮，恐修名姱修廉潔之名。之不立。

箋　此追溯未疏時黨人見王之任我，忠謀日進，得毋謂我亦同若輩，馳騖追逐於功名之場，故益加排擊，然反之予心，實非所急。君子疾没世而名不稱，固在此不在彼。「老冉冉」，託爲自勉之辭，以釋妬者之疑也。

發蒙　「非余心」極尖冷，能令妬者茫然。原非好名者，曰「名」，特對貪妬者言耳。

朝飲木蘭性堅不死。之墜露兮，夕餐秋菊晚節耐霜。之落英。讀央。苟余情其信姱以練要兮，所修精練，所守要約也。長顑頷顑頷，面苦饑而有菜色也。亦何傷。

洗髓　承上。所急非彼，所恐在此。故雖朝無飲，但飲木蘭之墜露；夕無餐，但餐秋菊之落英。清貧若此，顑頷可知。正與貪婪之輩相反。

擥木根木蘭根鬚，可緝爲綫。以結茝兮，將以爲扈也。貫薜荔之落蘂。將以爲裳也。

矯菌桂以紉蕙兮，索胡繩香草。之纚纚。將以爲佩帶也。

箋　此見疏於君而益務自修也。蹇之象曰「山下有水」，「君子以反身修德」。屈子當匪躬之時，值羣小之慍，亦惟有進思盡忠、退思補過，以盡王臣之節而已。至於成敗利鈍，非所計也。此雖自警，亦暗寓平昔納誨之辭。「墜露」者，先聖緒言；「落英」者，時王新義。木根以重根本，荔蘂以謹細行。菌桂辛辣，以喻法言；蘭蕙清香，以喻巽語。索之胡繩，則約束其身心而不得縱恣也。此見既疏後，猶復謇謇不休也。

蔣註　前言扈芷，此更以木根之堅勁者結之，益以荔蘂貫之。前言佩蘭，此更以菌桂之辛烈者紉之，益以胡繩，爲索而束之。明摧折之後，所修益加勵也。

右第二節經文　凡七解。已上傷靈修、哀衆芳、表貞潔，作三層。入首以清經之來脈，庶序不與經混。章法既明，則以下文義層次可迎刃而解矣。

謇承序中「謇」字來。吾法乎前修兮，非世俗之所服。雖不周於今之人兮，願依彭咸殷賢大夫，諫君不聽，投水死。之遺則。

箋　謇則必不能周於今人，依彭咸遺則，蓋預爲自處地步。

長太息以掩涕兮，哀民泛指孤臣孽子言。生之多艱。余雖好修姱以鞿馬韁。羈馬絡。兮，謇兩「謇」字分點。朝誶詬。而夕替。叶。廢也。何曰：「涕」、「替」首尾叶。

箋　此明因謇被替之故。鞿如馬韁在口，羈如馬革絡首，比己欲言，既不敢逆鱗以招尤；欲行，又不敢觸機以致侮，而仍復朝被詬而夕被替也。

既替余以蕙纕佩帶。兮，又申之以攬茝。見替非一次。亦余心之所善兮，雖九死

「死」字初見。其猶未悔。

箋 人不難於一死，難於九死。既以蕙纕見替，則宜知悔矣。又申之攬茝而猶不悔，以見其立志之堅如此，非死生所能摇惑者，以起下文「怨」字。如箭在弦，不得不發，不然則臣子之於君，豈敢輕露一「怨」字哉？

怨靈修之浩蕩兮，終不察夫民心。衆女嫉余之蛾眉兮，謡貝錦之音。諑浸潤之譖。謂余以善淫。至此不得不怨矣。

騷辯 大夫見忌於羣小，如蛾眉之入宫而見妬。大夫以修姱爲立名，羣小即指修姱爲炫俗。大夫以謇直爲法前修，羣小即指謇直爲暴君過。蛾眉而誣以善淫，何患無辭？彼有其具，君子其奈此小人何哉？

固時俗之工巧兮，借謡諑爲工巧。偭規矩而改錯。反常妄作。背繩墨以追曲兮，詭道以從時。競周容苟合以取容也。以爲度。

發蒙 「競周容」三字，刻畫傳神之筆。「度」字映前。

騷辯 説文：「偭，向也。」與下句「背」字對待成文。上句是覿面相向而任意更張，下句是顯然背馳以逞其機便，追曲則更險而毒。凡所以陷君子者，不極不毒。

正義 始以巧嘗者，尚自知其偭與背。至競以爲度，則并不知其偭與背矣。

忳欝邑余侘傺兮，吾獨窮困乎此時也。寧溘死而流亡兮，

忳豚。欝邑予侘傺咤懘。也。「死」字再見。

余不忍爲此態也。

態叶。邪淫之態。兩「也」字，一吞聲而悲，一放聲而哭也。

彙訂 忳欝邑、余侘傺，許多字面，極寫窮困之狀。獨窮乎此時，即詩「不自我先，不自我後」之意。顧影自傷，歔欷欲絶。

騷辯 前章忍不能舍，是大夫不忍明哲保身。此章不爲時態，是大夫不忍臨難改節。後章説到終古，則大夫直不忍與小人同戴日月矣。

鷙鳥之不羣兮，自前世而固然。何方圜之能周兮，

鷙鳥鷹鸇類①，喻忠直。應前「不周」。

夫孰異道而相安？

方枘不入圜鑿。叶奄。

【校勘記】

① 鸇，原作「顫」，據章句改。

箋 已上反復論説，皆申言其所以不能周於今人。

屈心而抑志兮，忍尤而攘取。詢。同「詬」。伏清白以死「死」字三見。直兮，固前聖之所厚。何評：厚，重也。遲回鄭重，不遽引決也。

箋 已上凡三言「死」字，皆爲「怨」字洗發，以見其不得已之心也。而末復插入一「固」字者，繳足上文三「死」字，又爲下文「悔」字漏洩春光一線。蓋受怨誹之誅，國法或不可逃；若因謡諑之辱，其死固可少緩。何也？我與君國休戚相關，竊恐己一死後，君終不悟，國事日非，必致社稷傾危。蓋君與社稷重，而死爲輕，不妨稍緩以冀其一朝改悟也。倘九原不復，不但重傷吾君之心，更恐益吾君之過矣。用「固」字一勒，吸起下文「悔」字，如珀引芥。

節解 古固有志行皎然，寧直道以死，不肯枉道以生者。如比干、夷、齊之見偁於孔子，安在知我者之無人乎？夫受謗於羣小，而見許於聖人；屈於一時，而信於百世。從違之間，不再計決矣。

右第三節 凡八解。已上法前修、被誶替、受謡諑，亦用三層。承上，是死之志決矣。末用一

「固」字，稍爲放活，蓋不如此，則下文無轉身之地矣。文字之巧，要在死中求活。

悔發蒙：「悔」字映前。相視也。道之不察兮，延佇乎將作歸田計，故臨去而徘徊也。吾將反。王庶幾改諸，則必反予。回朕車以復路舊山之路。兮，及行迷之未遠。陶潛歸去來辭「悟已往之不諫，知來者之可追。實迷途其未遠，覺今是而昨非」，正祖此意。

箋 道死直之道，君之不察，或昧於一時；己之不察，則迷於一世。倘君心可格，何妨再圖悟主之方，故有延佇將反之思也。

正義 既反覆審處，謂舍死無他塗矣；又復自悔輕身以就死，亦相道之不察也。處死不審，乃行之迷也。進不見用，尚可退而自修，存身隱處，以俟時也。

正誤 「相」字，諸家皆作「輔相」字解，且謂回車爲不肯背道行遯，迷途即所欲去之路。誤也。

步余馬於蘭皋歸途芳徑。兮，馳椒丘山居舊圃。且焉止息。見行止栖息，猶然昔日之芬芳故步也。「且焉」者，聊且爲税駕之地也。進不入以離罹。尤兮，退將復修製也。吾初服。初衣。

箋　首二語正淵明所謂「三徑就荒，松菊猶存」、「既窈窕以尋壑，亦崎嶇而經丘」也。回車之後，既無官守，又無言責，則我之進退，豈不綽綽有餘裕哉？初服，江蘺、辟芷之服也。

外傳　原故宅在江陵姊歸，鄉有女嬃廟，至今擣衣石尚存。江陵有玉米田，即原所耕之地。原蒙讒被放，耕吟於野，倚耒號泣，時楚大荒，原墮淚處獨産白米如玉。

製芰荷以爲衣兮，爨芙蓉以爲裳。不吾知其亦已兮，苟余情其信芳。孫月峯曰：「下二語是倒句法。」

箋　原雖退居林下，而愛芳舊習仍然，屈彊傲世。既曰「不吾知其亦已兮」，而又曰「苟余情其信芳」，則是口中欲已，而心中尚不欲其已，猶冀表異於人也。所以後文復有「往觀四荒」之語。

高余冠之岌岌兮，長余佩之陸離。光彩。芳氣之馨。與澤色之潤。其雜糅錯。兮，唯昭質光明本體。其猶未虧。發蒙：見得透，亦唯自信得過。

箋　原外傳：「原細瘦美髯，丰神秀朗，好奇服，冠切雲之冠。」蓋大夫本好修潔，而此又寫得分外出色。既以自負，并以自矜。顧盼自恣，使旁觀者不可耐此，已大不悦。「佩」，跟序中「紉秋蘭以爲佩」，來於阿姊之目矣。

忽反顧以遊目兮，將往觀示。乎四荒。國中之人不吾知也已，或者四荒之外有愛我者乎？佩繽紛其繁飾兮，芳菲菲其彌章。

【眉注】

「將往」者，虛擬之詞，不知適觸乃姊之怒。蓋女嬃素不喜原以芳菲表異，况欲往觀於四荒乎？此原所以受其詈而卒無以自解也。

箋 反顧遊目，大有「顧影自憐還自嘆，不知傾國是何人」之感。菲菲彌章，則更加意修飾，以圖表異。此又大不愜乃姊之意，所以動其申申之詈也。

正義 隱居獨善，已無意於人世矣，忽反顧昭質之未虧，而不忍坐視滔滔之天下，故欲往觀四荒，或有重我之佩飾，好我之芳菲者乎？

正誤 爾雅：「觀、指，示也。」故屈辭凡用「觀」字，皆從示義。他本悉作「看」字解，於文義不合。

民生各有所樂兮，余獨好修以爲常。雖體解吾猶未變兮，豈余心之可懲。叶張。

箋　此以好修自解，初非求異於人，衹自修其在我者而已，豈見替見申所能懲余心而改節乎？蓋大夫不肯苟且用世，故復以體解爲誓，仍是前次九死不悔故智。逼起下文，爲女嬃責原張本。

右第四節　凡七解。已上悔相道、修初服、觀四荒，又分三層作轉，章法一變。

女嬃原姊。之嬋媛賢淑貌。兮，申申其詈予。叶與。數謫之也。曰鮌婞直以亡身兮，終然殀乎羽之野。叶墅。前車之覆，近在本宗，可以爲鑒。

箋　原以屢遭斥逐之人，不痛自懲戒，仍以婞直自鳴，無所忌憚。其姊眼見乃弟如此情狀，將來旣必殺身，故不得不痛加勸戒，以冀少貶其志而保其身也。此借女嬃爲中峯起頂，以下陳辭、上征、占氛、占咸，總從此一詈生出，章法奇幻。

補註　水經注：「屈原有賢姊，聞原放逐，亦來歸喻，令自寬全。鄉人冀其見從，因名曰姊歸。縣北有原故宅，宅之東北有女嬃廟，擣衣石猶存。」女嬃之意，蓋欲原爲寧武子之愚，不欲爲史魚之直耳，非責其不能爲上官、椒、蘭也。

汝何博謇而好修兮，紛獨有此姱節。二語宛然婦女聲口。薋蒺藜。菉王芻。葹枲耳。三者皆惡草。以盈室兮，判獨離而不服。

騷辯 博，取也，與「好」字對。「姱節」，又總承之。立朝固貴謇諤，博則似乎因君之過，臣以成名。君子固當自修，好則似乎有心立異，沾沾自喜。古大臣事君，往往屏人極論，退無後言，不矜不伐，故能名垂竹帛而身安於太山。若己侈然自以爲姱節，世人亦羣然嘆羨，以爲惟若人獨有此姱節，取忌賈旤，莫此爲甚。此姊嬃「何」字一詰，道著病根，令大夫無言可對者也。「薋菉葹」之惡草，本當遠離不服，何況大夫？但姊所不滿者，在一「判」字，與上章「婞」字相對，同爲賈旤之本。蓋鯀之終殀，由於剛狠外露；原之見嫉，由於疾惡太嚴。從來正人塗炭，往往因羣小擯於清議，無地自容，激成門户之變，皆此一「判」字爲之也。

衆不可户説兮，孰云察余姊代言。之中情。世並舉而好朋兮，夫何煢獨而不余嬃自謂。聽？舉朝皆營私結黨，惟友言是好，且他山之石，猶可攻玉；何家庭之言，反藐而置之耶？

怪之之詞。

彙訂　女嬃二以「獨」字詰大夫。「獨」非大夫所諱，「獨好修以爲常」，大夫不嘗自云乎？特衆好爲朋，便見爲獨耳。舉世滔滔，原獨獨行踽踽。姊嬃之云若責之，實深痛之也。

依前聖以節中兮，追維平昔之所守。喟憑心而歷玆。嘆息今日之所遭。濟沅湘以南征兮，就重華而敶詞。舜廟在蒼梧。

箋　即借乃姊「節」字婉言以答之。而又曰「中」者，正以解乃姊「博」「好」「紛獨」四字督責之深也。蓋博好則不免有矯强之弊，紛獨則不無有固執之愆，由中而行正，依先聖直道，以礪此苦節之貞耳。就重華敶詞者，因被乃姊之責，無以自明，故特將平昔諫君之詞，託敶重華以正其是非之中也。

啓九辯與九謌兮，夏康娱以自縱。不顧難以圖後兮，五子用失乎家衖。同「弄」。太康盤遊無度，田於洛南，十旬不反，爲羿所弑。

箋　以下即所陳之詞。娛以自縱，實緊就懷王對症發藥，使懷王聞之，能不芒刺在背？

羿淫遊以佚畋兮，又好射夫封狐。伯封，后夔子。國亂流其鮮終兮，浞羿相寒浞。又貪夫厥家。叶姑。有窮后羿篡太康位，不恤民事，任用寒浞。浞行媚於內，施賂於外。羿田將歸，使家臣逢蒙射殺之，取羿妻純狐，即奔月之姮娥也。

箋　淫遊畋獵，此又懷王膏肓之疾。然語至國亂鮮終，鍼砭已甚，况又加之以「貪夫厥家」，能不令懷王怒而生嗔耶？

澆奡。身被强圉同「禦」，多力也。兮，縱欲殺謂弒夏后相也。而不忍。正言忍也。日康娛以自忘兮，忘羿之被殺。厥首用夫顛隕。浞取羿妻，生澆，多强力。殺夏后相，日作淫樂。相子少康，殺澆復國。

箋　此較前，辭更加厲。浞能殺羿，子敢弒帝，機有可乘，禍生不測。况澆亦因康娛隕首，爲人君者，豈可縱欲康娛而不知戒耶？已上由羿以至浞、澆，皆夏之亂臣賊子，而援以比君，使懷王能不聞而倍恨耶？此賈禍之所由來也。此所以招阿姊申申之詈也。

夏桀之常違二字倒裝。兮，迺遂焉而逢殃。后辛之菹醢菹梅伯，醢鄂侯。兮，殷宗用之不長。

箋　前貶太康、浞、澆，此又痛責夏桀、殷辛，皆非諫君立言之體。然其所以激烈如此者，蓋是時齊、秦、吳、魏之兵交攻於外，而懷王內寵鄭袖，外畋雲夢，巫山雲雨，至形於夢寐，侈爲立廟，則高唐神女之淫蹤，應不減竊藥奔月之姮娥矣。「淫遊」二字，尤觸所忌。殺身不免，豈僅朝誶而夕替已耶？

湯禹儼而祇敬兮，周論道而莫差。叶磋。舉賢才而授能兮，循繩墨而不頗。

箋　前皆庭諍面折之言，此方宛轉規諫。蓋謇謇，則言非一次，特總借「陳詞」一語寫出，以補前文未備；而又爲下文「陳辭」粉本；且以見女嬃責原婞直之非虛。此數章乃原一生被疏、被替、被放逐病根，受讒、受間、受謠諑機關。一篇筋脈所維繫處，豈可草草讀過？

皇天無私阿兮，覽民德焉措輔。夫維聖哲之茂行兮，苟得用此下土。

箋 天命難諶，惟德是輔。「措輔」者，有德此有人；「苟得」者，有人此有土。要在人君之自茂其行而已。

瞻前而顧後兮，相觀民之計極。夫孰非義而可用兮，孰非善而可服？

箋 已上又推之於天道茂行，驗之於民生國計，以見其謇諤之非過，正告其姊，以冀原其不得已之苦心也。

阽危。余身而危死兮，覽余初指被疏、被替言。其猶未悔。不量鑿而正枘兮，固前修以葅醢。

箋 方枘不入圓鑿，此感乃姊教誡之意，而深信其將不免於步前修之後塵，適如阿姊言「終然殀乎羽之野」也，回應上文。夫姊以關心痛哭之言，諄諄教誡，原即至愚，豈能以「嘽詞」一語搪塞，遂置乃姊於不答？不但於理不合，且於文法亦屬疎漏。騷經之文如連環鏁甲，如織錦迴紋，讀此則知其前後照應，律法森嚴。

正義　枘喻己之操，鑿喻君之度。不量君之度，而惟正己之操。持方枘以内圓鑿，前修固以是而葅醢矣。既法前修，焉能辭世患矣？

曾歔欷余鬱邑兮，哀朕時之不當。攬茹柔輭也。蕙以掩涕兮，霑余襟之浪浪。叶郎。

箋　不怨君之不納其言，而歸恨於生不逢時，竊恐有辜乃姊關切之一片血心也，故復重自悲傷。天性之淚，非爲蕙悲，正爲乃姊揮也。人都誤作悲蕙，由其昧於答乃姊之「夫何煢獨而不予聽」也。

右第五節　凡十三解。已上女嬃嘽詞，遥承上文「悔相道」章來。草蛇灰線，至此一結。以下層巒疊翠，重復開障，大有山斷雲連之勢。

跪敷衽以陳辭兮，耿吾既得此中正。叶平。駟玉虬以椉鷖兮，溘奄忽也。埃風余上征。此起頂之第二峯也。

箋　陳辭即前敶重華之詞，既不獲仰邀聖鑒，俯答微忱，又不敢忍默偷生，倖逃葅醢，徒抱此耿耿中正，無以自明，惟有號泣於旻天而已矣。況吾前指九天以爲正者，原爲此靈修之故也。今吾進退維谷，不得不匍匐而爲上征之舉，以求正於天矣。

朝發軔於蒼梧兮，夕余至乎縣圃。未行而計程之詞。欲少留此靈瑣太帝宮門。兮，日忽忽其將暮。蒼梧是從舜祠發軔。

箋　山海經：「崑崙爲帝之下都。」水經注：「太帝之居懸圃，在崑崙之顛。」原欲就近，先謁下都，求太帝之所在，不意太帝未臨，靈瑣閉而未開，時日已暮，急欲上征，我心孔棘也。以下叩閽、求女、遠逝諸章，悉屬寓言，以盡前文未盡之意，讀者當於言外求之。

吾令羲和弭節兮，望崦嵫日入處。而勿迫。路曼曼其修遠兮，吾將上下而求索。叶色。

箋　此因急欲上叩天門，恐天衢遥遠，流光易邁。「勿迫」者，諄囑羲和之詞。上下求索，謂既求之於崑崙下都，又求之於昊天金闕也。

辭鐙　上下求索，正下文「見帝求女」總引。舊註皆作求賢君，是以與國存亡之箕、比，認爲朝秦暮楚之蘇、張矣。

彙訂　上帝冲居廣莫，以喻君門萬里，欲叩無由。蓋大夫既遭放斥之後，不能再覲天顔，雖一念絶離塵世，而一念仍憂及君國，急圖以中正之道，再進於君，恐日暮途窮，補救莫及，故令羲和弭節，暫稽日輪，庶天衢雖遠，猶得從容求索天帝之所在也。

飲余馬於咸池兮，總余轡於扶桑。折若木神木，其華有光，能照下土。以拂日兮，聊逍遥以相羊。猶徜徉，亦囑大明之詞。

騷辯　此專敘早行暮宿耳。謂日浴咸池時便飲馬，日出扶桑時便總轡，即「星言夙駕」之意。「拂日」者，日欲入則光微，拂拭之欲其明也。

前望舒月御。使先驅兮，後飛廉風伯。使奔屬。叶注。鸞皇爲余先戒兮，雷師豐隆。告余以未具。

箋　前述朝行，此紀夜征。「先驅」者，若月輪之先爲啓路也；「奔屬」者，風御車塵，趲之使速也。易林：「雷君出裝，隱隱西行。」未具，裝未備，託辭以沮之也。

吾令鳳鳥飛騰兮，繼之以日夜。飄風屯其相離兮，帥雲霓而來御。叶迓。欲御之他往，使其相離，蓋小人妬其上告，多方以沮之之計。

箋　鸞皇喻君子，飄風、雲霓喻小人。雷師之尼已出意外，幸有戒途鸞鳥，助我飛騰，可以日夜趲行；無如飄風屯聚中途，鼓其暴怒，吹鳳離散，且率領雲霓，欲我易轍，不容上謁。是使我將近天門，又不得遂其迫欲之願矣。以上極寫求見天帝之急、求見天帝之難，以起下文。

紛總總其離合兮，班同斑。陸離其上下。叶户。吾令帝閽開關兮，倚閶闔而望予。叶。

箋　此已至天門。「紛總總」者，天門外之神祇衆多也。「班陸離其上下」者，神光曜目，五色陸離，迥非塵世境界，心胷頓覺豁然。自幸到此可以盡情剖訴，諒無意外之阻，無如帝閽不理。

蓋望見三閭乃放逐廢員，形容既已憔悴，而衣裳又復藍縷，諒無苞苴之獻，何知邀寵之門，故直望之而佯若未見，此種情態令人不堪。

騷辯　「令帝閽」句，極寫見帝情迫，刻不容緩之狀。蓋身到而閶闔未開，此時叩閽求入，已恨其晚，所以遥令帝閽預爲我啓關而相待也。「倚閶闔」者，狀帝閽之尊倨，穆然不爲之少動也。「望予」者，望望然而不顧，神情與我邈不相接也。

正義　總總離合，陸離上下，喻邪佞充塞，爲所拒隔而不得通也。上言欲少留靈瑣，雖被疎而猶得至於君所；至是則閶闔不開，思見君而不再得矣。

時曖曖其將罷兮，結幽蘭以延竚。世溷濁而不分兮，泛指飄風、雲霓等類。好蔽美而嫉妬。此則專指倚閶闔而望之之人。前云「將暮」，此云「將罷」，皆隱恨日愈昏而時不可待之意。

箋　曖曖將罷，悵時日既失，事機已誤。「延竚」者，是於天門外不忍遽退，仍復引頸跂望，徘徊自審。欲上書自呈，則天閽不理；欲促裝反旆，則塵世茫茫。不堪回首，依然進退維谷，不得不抱恨於蔽美嫉妬之人矣。

正義　古人以言致人，多用物結之。結幽蘭，喻所懷芳潔之道、深欵之言，即欲開關而入告於帝者也。「延竚」下直接「世溷濁而不分」，足徵以上云云，皆自喻遭讒見疎，願陳志而無路也。

右第六節 凡八解。已上上征。另爲一段，結蘭延竚，到底心灰未死，不得不再作良圖，以起下文「求女」之思。文心至此，一層深一層。

朝吾將濟於白水兮，登閬風而緤馬。叶姥。忽反顧以流涕兮，哀高丘之無女。突然一起，大有憤恨遺世之意。無如高丘在望，仍是塵緣未斷，又生出無限周章來。此起頂之第三峯也。

【眉注】

「將」字仍是虛擬，以起下文求女之端。一篇水月鏡花文字，讀者勿認爲實有其事，則癡人説夢矣。

箋 此由天門憤欲復返縣圃也。「朝」者，見昨日猶在天門，今則已濟白水，幸崑崙之在望矣。緤馬，以長繩繫馬，暫爲歇足之地。閬風，在崑崙之顛。縣圃，又在閬風之上，所謂高丘也。太帝之寢宮、内苑在焉。反顧，顧楚也。因見高丘，回憶郢都，不覺觸目而興悲也。無女，無窈窕之淑女也。中宫正位無人，以致高唐雲雨充斥坤維，不得不亟爲吾君作關雎想。求女之根，遠從美人遲暮章發脈，至此一現，「黄河之水天上來」，令人莫測。

溘吾遊此春宫兮，折瓊枝以繼佩。贄見之佩。及榮華之未落兮，行次雖長，而榮華正可慕也。相下女之可詒。叶異。

箋 易稱巽爲長女，故求女先從長女起。巽女高處春宫，驟難求見，故欲先詒下女，以冀其先容也。

正義 下女，喻親近重臣、能爲己解説於君前者。折瓊、詒佩，亦多方求濟之意。

吾令豐隆雷師。乘雲兮，求虙妃洛神，伏羲氏女。之所在。叶。解佩纕以結言兮，吾令蹇修伏羲臣。即煩其臣爲媒，更親近而易達也。以爲理。理，小行人。

【眉注】 此因前詒未遂，於是熟籌親信，再求幣聘之方。解佩纕以結言，令蹇修以爲理，則更儀文兼致矣。

箋 易稱震爲長子，使豐隆求之者，蓋欲使長子爲求婚之主人，取其迅速而能感通潛德也。

正義 「貫魚以宫人寵」，后夫人之職也；以有技、彦聖事其君，一个臣之道也。故以帝妃喻左右大臣。

節解 「處」之爲言「伏」也。此以寓賢人之伏處而無求於世者。

紛總總見媒理之往返也。其離合言辭未定之象。兮，忽緯繣緯，墨繩。「忽」者，似中有讒間之者，故執志不移，如緯墨之繣也。其難遷。夕歸次於窮石兮，朝濯髪虖洧盤。叶便。

節解 徒知潔身傲世之爲樂，而於行義達道則否也。

保持也。厥美以驕傲兮，日康娱以淫躭。遊。雖信美而無禮兮，來違棄而改求。

騷辯 驕傲，言其自遂其高，而輕世肆志。康娱，言其樂志林泉。淫遊，比往而不返。無禮，言其高節雖可風，而絶人則已甚也。「來」者，謂前此聞所聞而來，不意情既相違，彼終遐棄，不得不改圖他適，見所見而去也。

覽相觀於四極爾雅：東泰遠、西邠國、南濮鈆、北祝栗，謂之四極。兮，周流乎天余乃下。叶。望瑶臺之偃蹇兮，見有娀之佚女。帝嚳妃簡狄也。

箋　既曰「覽」，又曰「相」與「觀」者，甚言淑女難求。舍中國而云「四極」者，蓋身在崑崙，從高望遠，先由四極而遍覽之，既又周流乎天而相之，凡目光所盼，無不徹上徹下，夫然後乃望見瑶臺之佚女也。曰「偃蹇」者，從崑崙下望，故甚覺其卑耳。

正義　覽觀四極，周天而下，喻君側無一可與言者，故復有望於瑶臺之佚女也。曰「佚」者，謂散秩在外，而爲王所信者。或已去位之故舊，而爲王所重者。

彙訂　大夫之意，以虙妃比當時之位高望重者。故首先求之，欲要結之，以匡救其君，最爲得力，最爲緊要。不料言者諄諄，而聽者藐藐。始猶若合若離，終且有離無合。歸次窮石矣，濯髮洧盤矣，其驕傲之態爲何如？而曰「保厥美」者，何也？蓋其人素不入黨人之陰邪，無奈以苟全爲得計，則「信美而無禮」矣。「周流乎天」，以見在王所者之無一不然耳。「余乃下」，然後舍王側而他求矣。

節解 首二語，言改求之審也。「佚」之爲言逸也。此寓賢人遺逸於時，沈淪不偶而自高其志者。

吾令鴆爲媒兮，鴆告余以不好。誑語以相詒。雄鳩之鳴逝兮，余猶惡其佻巧。言不實而便佞。

箋 舊詁：惡禽臭物，以比讒佞。鴆以讒間，鳩以佞專，嘆紹介之非其人也。

正義 語意與九章「令薜荔以爲理，憚舉趾而緣木」四語相似。蓋擬度之詞，若曰吾欲使鴆爲媒，則告余以不好矣；鳩之佻巧又不可信，無人可以自通。故下承以「欲自適而不可」也。

辭達 鴆比色莊君子，外多文飾，内懷奸毒。鳩比輕薄小人，言既浮躁，行又輕率。「雄」者，狀其敢於敗事也。「告余以不好」，妙。凡小人用間，不必在彼處讒我，反在我處譏彼，若爲愛我之詞，令我計謀自沮。大奸似忠，巧佞似信，寫得酷肖。

心猶豫而狐疑兮，欲自適而不可。鳳凰既受詒兮，恐高辛之先我。

正義 高辛喻君，鳳凰喻賢士。意謂欲自適不可。不獨守身之義宜然，且安知不有抱潛德而未見者？鳳凰既受其詒，恐先我而達於高辛。我雖枉己以求，亦未必有合。蓋申明自適不可之義。

辭達 「恐」者，是慮其已然之詞，非計及未然之詞。惟其先受高辛之詒，是以求之不遂也。世非無待聘之珍，奈已爲他國禮而羅之矣。

欲遠集旁求之意。而無所止，蹙蹙靡所騁也。兮，聊浮遊以逍遥。及少康之未家兮，留欲使有虞勿受少康之聘。有虞之二姚。

解義 鴆之毒不必言矣。雖拙如鳩，猶能佻巧變亂好醜，士安由至？我欲自爲之媒，身方被害，安能媒人？惟有鳳皇好德，可以爲媒，然恐受他邦之託，而女非高陽氏有矣。於是浮遊顧望，欲及少康之未室，爲之定有虞之二姚。蓋寓意於嗣君，欲及其未繼，而爲之求賢以導輔，異日如少康之中興也。

理弱而媒拙兮，恐導言之不固。世溷濁而嫉賢兮，好蔽善而稱惡。叶去。

箋　此慮二姚已受少康之聘，若勉欲留之，不但於理不順，即媒亦拙於立言。况當此溷濁嫉賢之世，寧不見惡於小人，是又予小人以口實之端矣。

節解　彼賢人固非不可留者，然已方以忠直被疏，而又欲維縶賢人，與之比肩事主，則於情有所不順，而術亦未工矣。故曰「理弱而媒拙」。

騷辯　「理弱」比惡黨愈熾則正氣不伸；「媒拙」比君子道消而舉朝鉗口。「導」者，旁人之作合；「言」者，同志之結言；「不固」者，或志奪於衆咻，或氣靡於一蹶也。

辭達　此與前帝閽不納發嘆遥應。前混濁不分，止是蔽美嫉妬；此則公然蔽善稱惡矣。世局日壞，奸宄是崇，此王莽之功德頌、魏璫之太學碑所以紛紛獻媚矣。

閨中既以邃遠兮，求女不獲。哲王又不寤。叩閽難見。懷朕情而不發兮，焉能忍忠貞報國，丹心碧血，九泉幽恨，盡此三字。而與此終古。叶故。

箋　「此」字指蔽善稱惡者言。「焉能忍」結上開下。由其不能忍而與之終古，所以初卜之於靈氛，再決之於巫咸，終歸之於遠逝，爲後文起頂過峽。以下靈氛、巫咸、遠逝，平列三段，如天外三峯，高矗雲表。使人望之無際，極之不窮，測之莫知其所止也。

右第七節　凡十一解。已上求女一段。較之陳詞、上征，更屬異想天開。

索藑茅靈草。以筳篿兮，楚人結草折竹以卜曰篿。命靈氛古之善卜者。爲余占之。

箋　此於水窮山盡處，忽然靈鶩飛來，復行開障，衍成後半篇之局。不如此，不足以盡其旁礴鬱積之氣也。

曰此原問卜之詞。兩美其必合兮，孰信修而慕叶姥。之？本無修可信，何能望其必合？此原自責之詞。思九州之博大兮，豈惟是「是」字指上春宫、洛水、瑶臺等處言。其有女？此深怪楚之無女也。夫以九州之大，鍾靈毓秀，何以楚不生材，獨無兩美必合之人，豈「羣山萬壑赴荆門」，天竟未鍾靈於楚耶？

箋　君聖臣良，自然必合，固不待遠慕他求。若臣本不良，孰有信其修而慕之者乎？「豈惟」二字，正隱恨己之美不能見信於君，是臣本不良，不敢責君之不聖。用反筆跌出楚之無女，以見己之美必不能望其有合於楚矣。所以下文靈氛有勸其遠逝之説。此處關節未通，則「孰求美而釋女」句與原問卜之意，打成兩橛矣。文之曲折深思，出鬼入神。

辭達　凡兩人俱美，其情自然相合。但恐人心不同，不知孰爲美，而能信我之美者乎？且即以九州之大，又豈無一適成其爲兩美必合之人耶？作兩層疑問，上層難必其有女，下層不必其無女，以盡問卜之誠。

正誤 此條舊註誤作靈氛占辭，從辭達改正。

曰此靈氛占詞。勉遠逝而無狐疑兮，孰求美而釋女？同汝。何所獨無芳草兮，爾何懷乎故宇？

辭達 原問求人之美，求其與己同心而事主也。靈氛從對面著筆，以人求原之美荅之，句句與上文對鍼。上二句荅「兩美必合」，下二句荅「豈惟是其有女」也。

世幽昧以眩曜叶岳。昚而昏也。兮，孰云察余之善惡？

箋 此原聞靈氛去國求賢之説，與己不合，疑而復問之辭。

騷辯 大夫合下便不忍去國，故聞言自念，我國如此，舉世可知，恐去亦無益。幽昧、眩曜，舉楚以例九州也。前云「孰察余之中情」，此變文而云「善惡」者，對上文「求美」而言也。善惡且莫辨，又孰知其爲美而求之乎？此正以破其「何所獨無芳草」、「爾何懷乎故宇」也。

民好惡其不同兮，惟此黨人其獨異。户服艾以盈要兮，謂幽蘭其不可佩。

箋 以下靈氛再荅之詞，見楚必不可留之故。

覽察草木其猶未得兮，豈珵白珩。美之能當？以碔砆之目，何能當識玉之任？蘇糞壤以充幃香囊。兮，謂申椒其不芳。

箋 上章醒大夫之迂，此章笑黨人之愚。糞壤充幃，甚言其好惡之異，似黨人有嗜痂之癖，以糞壤爲別有風味也，嘲之之詞。

正誤 此與上章，舊解皆誤作屈子自言，殊覺語複而意味不長，從節解更正。

欲從靈氛之吉占去國。兮，心猶豫而狐疑。巫咸將夕降神以夜降。兮，懷椒糈酒。糈祀神稌米。而要之。

箋 此聞糞壤充幃之語，而深有感於靈氛之言，楚人誠不可一朝與居矣。猶豫狐疑者，原以宗國世卿，大義所在，豈可一朝舍去，臣事異姓哉？故又決之於巫咸也。

騷辯 前之「猶豫」，足將進而趦趄也。「狐疑」，則更且前且卻矣。蓋身固不可失，而情又難自割也。此章之「猶豫」，身欲去而低回。「狐疑」，則更柔腸百結矣。蓋未知瞻烏之爰止，終不忘狐死之首丘也。語雖同而取意均相反矣。

百神翳其備降兮，隨咸而降。九疑雲氣。繽其並迎。叶御。皇剡剡其揚靈兮，告余以吉故。

曰巫咸降神語。勉陞降以上下兮，上謂君，下謂臣。求榘矱之所同。湯禹儼而求合兮，摯咎繇而能調。叶同。

箋 陞降、上下，猶「鳳皇翔於千仞兮，覽德輝而下之」之意。彙訂有慎於所擇、惟吾所擇二義。

節解 陞降、上下，勸其跋涉而遠逝也。二語與靈氛之意適符，不但諷之以遠逝求賢，直勸之以擇君而仕也。下遂歷舉其君臣之契合者，以實其言。儼而求合，君擇臣也；調和相劑，臣亦擇君也。

騷辯　求榘矱所同，言當九州相君，求其與己同德者，惟湯禹能敬合德之士，伊皋遇之。榘矱既同，故能君臣相得，如琴瑟之調和耳。設君非湯禹，縱德如伊皋，誰能信用之乎？

發蒙　巫咸之占意與靈氛相似，特淺深伸縮變化之不同耳。然得此一襯，愈覺波瀾無盡。

苟中情其好修兮，又何必用乎行媒？　前用許多行媒，一語掃卻。說操築於傅巖兮，武丁用而不疑。

節解　此言臣之於君，有不求而自合者。苟能好修，則必信而慕之矣，奚必待夫作合之人乎？

呂望之鼓刀兮，遭周文而得舉。甯戚之謳謌兮，齊桓聞以該備也。輔。

節解　上文「榘矱之所同」，指兩美必合言。此章操築鼓刀，以疏遠相得言。與「爾何懷乎故宇」相發。

及年歲之未晏兮，時亦猶其未央。恐鵜鴂。鴂之先鳴兮，使百草爲之不芳。鶗鳴則草枯。

節解　此如陽貨之諷孔子以及時求仕也。言年有可爲，則時光猶未艾耳；假令歲不我與，爾豈能與草木而争榮乎？此申靈氛所占之指，勸屈子之宜亟改圖也。

何瓊佩伏下「兹佩」。之偃蹇兮，衆薆然而蔽之。惟此黨人之不諒猶言不可測。兮，恐嫉妬而折之。巫咸之言至此止。

節解　巫咸恐屈子去之不速，必爲其所害。二「恐」字皆事外相愛惜語。此申靈氛釋占之詞，斥黨人之必不可與並處也。

正誤　此章舊註作原言，從節解更正。

右第八節　凡十二解。此借靈氛、巫咸兩占作局外指點語，爲後文遠逝之根。猶之上文敶詞，上征，借女嬃爲發端張本。一樣機局，遥遥相映。

時繽紛以變易兮，「時」字一呼，有江河日下之感。又何可以淹流。爲後遠逝伏脈。蘭芷變而不芳兮，荃蕙化而爲茅。

箋　此有感於靈氛申椒、幽蘭二語，而深咎衆芳有以自致之也。夫黨人之好惡固異，亦由蘭芷不自愛其芳，流而與衆草爲伍，此黨人所以寧盈要服艾而不佩幽蘭也。

節解　「變」者，氣味漸移；「化」者，形類頓改。屈子聞神降之語合於所占，始置遠逝求君之説於不論，而第如所云黨人之嫉妒而不可與居，則信然矣。故下文遂痛陳流俗之波靡，所以必不能忍而與之終古也。

何昔日之芳草兮，今直爲此蕭艾也。初不料其若此。豈其有他故兮，莫好修之害也。

評註　莫，猶「文，莫吾猶人」之「莫」，故爲致疑之詞，以咎夫好修者。蓋始以好修招嘅，卒以招嘅之故，遂使中材以下，無一好修之人。爲害至此，真不得辭其責矣。

余以蘭爲可恃兮，羌無實而容長。委厥美以從俗兮，苟得列乎衆芳。蘭芷椒榝，皆實有所指。此子蘭聞之，所以大怒也。

騷辯 此言芳草乃尋常善類，無怪其不能自持。若夫蘭爲國士之香，余方恃之，欲與格君心而爲美政，何意内無可貴之實德，徒以修餙外容爲長。良由不知自愛其美，委而棄之，俯仰隨俗，以爲榮身保位良圖，靦顔列於君子之目，只是茍焉而已矣。

椒專佞以慢慆兮，榝茱萸，似椒而臭。又欲充夫佩幃。既干進而務入兮，又何芳之能祗。

騷辯 此又推原蘭所以喪節之故，由於不識時變而干進無已也。下二句繳還上章正意，而横插上兩句於中間作襯筆，文情特妙。椒性烈而氣芳，比小人之素具能幹，又矯然頗以風節自持者。此國家有用之才，可仗以扶顛持危者也。乃一旦盡反前轍，舉畢生之聰明智力，專用之於便佞之一途，既得其志，因而倨慢慆淫，靡所不至矣。榝形類椒而氣味惡臭，且有小毒，以比權門鷹犬，黨人引之以排擊善類者。此小人中之敢於爲惡者也，今又皆搶攘欲前，充塞左右。人主反朝夕親近，如香囊之常佩，此成何等朝局？蘭於此時，既不能砥柱中流，又不思潔身引避，反干進不休而務入其黨。是君子一旦失身於小人，凡從前一切崖岸聲名，皆其所不暇顧惜如此。

固時俗之流從兮，又孰能無變化。叶。覽椒蘭其若茲兮，又況揭車與江蘺。叶羅。

節解 嚴於責椒蘭，而姑寬其類者。蓋世教衰而人心壞，上行下效，一倡百隨，滔滔者天下皆是，固君子之所不勝責矣。屈子蒿目神傷，以爲此滋蘭樹蕙時所萬不及料者也。

彙訂 上文既深責之，此又爲衆芳作怨詞。正深痛舉世溷濁，致善類凋殘，故於衆芳若有怨詞，以逼起下文「惟茲佩之可貴」也。一擒一縱，一旋一折，備極排蕩變化。

惟茲佩之可貴兮，撇去衆芳，獨標茲佩，喻己之磨而不磷也。委厥美謂見棄於人，遙接上「孰信修」來。而歷茲。歷經艱險而至於今茲也。芳菲菲而難虧應前「昭質」。兮，芬至今猶未沫叶迷。沒也。舊訛「沬」。

箋 此聞巫咸瓊珮語，深信其偃蹇不變。至今未沫，情難自已，不肯懷寶迷邦，自棄於不用之地，故復有求女之思耳。

和諧也。調度以自娱兮，聊浮遊而求女。仍是欲求兩美，必合初意。及余飾佩上衡牙、懸璜之屬。之方壯芬未沫也。兮，周流觀示也。即前「觀乎四荒」之意。乎上下。叶。

【眉注】

變「四荒」而言「上下」者，蓋欲上極於天，下極於淵，以求兩美必合之人。不得已而思其次，其西方美人乎？庶幾能愛我之芳菲，識我之調度，我亦庶乎不虚此一遊也。故下文遠逝自疏、指西海爲期者，實欲遂此一往不返之志耳。

箋 此承上「兹佩」而言。《詩》：「佩玉鏘鏘。」《禮》：「君子佩玉，左徵角，右宫羽。」「調」者聲容，謂其從容中節也；「度」者身容，謂其周旋中規、折行中矩也；「娱」者，娱其昭質之美也。此因前番佩飾不合時宜，故另諧調度，恐或有重我此番之佩飾，愛我此番之調度者，冀其一見而必合也。

彙訂 聲調太高則和者彌寡，法度太峻則合者愈難。和其調則不傷於促，和其度則不病於隘。「聊浮遊」者，及此芳芬未虧未沫之時，而周流四方，以觀乎上下。或者於有意無意間，以庶幾其一遇，未可知也。蓋大夫明知求女之無益，終不以無益而勿求。語若掃去憤嫉，意則轉覺無聊。

右第九節　凡七解。已上又借巫咸夔蔽、嫉妬二語，將蘭芷變態歷數一番，落到「茲佩」，欲再爲求女計，以起下文「遠逝」之端。其文思縹緲，大有手揮五弦、目送飛鴻之致。又如華嚴樓閣，彈指即現，豈井蛙、尺蠖所能測量哉？

靈氛既告余以吉占兮，歷選。吉日乎吾將行。折瓊枝以爲羞兮，精瓊靡以爲粻。

騷辯　以下姑從靈氛之占，聊設遠行之想。凡糗糧之精，車馬之盛，旌旗導從之從容；名山大川，恣其遊覽；蛟龍鸞鳳，惟吾指麾。於極凄凉中，偏寫得極熱鬧；窮愁中，偏寫得極富麗。筆舌之妙，千古無兩。

爲余駕飛龍兮，雜瑶象以爲車。何離心之可同兮，將遠逝以自疏。　瓊枝爲羞，瓊靡爲粻，瑶象爲車，見造次顛沛中，仍不改乎平昔姱修之素節也。

箋　此託爲遠逝自疏之説，其實欲往求西方之美人也。以下邅崑崙、發天津、至西極、行流沙、遵赤水、至西海，亦猶上征之意。上征以上帝喻君，此以西方美人喻君也。爰因前次求女不得，故復欲排神御氣，以冀達乎西方美人之所也。文能於複中見奇，變中寓巧，而於曲終奏雅，猶然大呂黄鍾之噌吰鏜鞳也。

騷辯 離心，謂回想從前，積毁銷骨，君之於我，情已乖離，縱使强留，亦何由望其復合。所以自明其不得不行之故，非悻悻决絶之辭。

邅楚人謂「轉」曰「邅」。吾道夫崑崙兮，路修遠以周流。揚雲霓之晻靄日光初升。兮，鳴玉鸞之啾啾。前濟白水、登閬風，是其緤馬之地，故此番發軔，又從崑崙始也。

箋 此由崑崙往西海，不得不轉道行。蓋西方乃美人所居之地，吾誠執兹佩以往，必爲美人所欣賞，兩美必合。既不煩蹇修爲理，又不爲鴆鳥所欺，且不慮高辛之先我矣。

朝發軔於天津箕、斗析木之次。兮，夕余至乎西極。極言去之之速。鳳凰翼其承旂兮，高翺翔之翼翼。

箋　已上見糗糧、車騎之美，大非前次求女氣象。極意描寫，總爲後文「睨舊鄉」作反照。

忽有不知不覺意。吾行此流沙兮，遵赤水在崑崙東南陬。而容與。麾蛟龍以梁津兮，即叱黿鼉爲梁之意。詔西皇少皞金天氏。使涉余。

騷辯　容與，從容籌畫也。蓋言流沙、赤水阻我前途，且停車以商濟渡之策。或麾蛟龍爲梁於津以渡，或告語西皇，使具舟於河，我將捨車登舟以涉。兩策並舉，皆擬議未定之詞。

路修遠以多艱兮，騰衆車使徑待。叶持。待於赤水之徑。路不周山名。以左轉兮，指西海以爲期。

行流沙、遵赤水、路不周，喻得君行道之難也。

箋　上文一則曰「至西極」，再則曰「詔西皇」，此又曰「西海爲期」，正指出求女歸宿之地。「徑待」者，恐流沙不能涉，故使衆車待於赤水之徑；「路不周以左轉」者，是欲遶出不周之北，以避流沙之險也。此未行而預爲計程之詞。

附注 按榛苓之詩，朱子以「西方美人」指西周聖王，而歎其遠而不得見也。詩義折中曰：「言山尚有榛，隰尚有苓，而四海之大，乃無用賢之君，不得不思西周之聖王矣。」讀此則知屈子「指西海爲期」，正嘆己之放廢，楚無用賢之君，不得不神遊於西方矣。蓋諷楚懷之詞，冀其用己也。

屯余車其千乘兮，屯於不周。齊玉軑玉軑，輕車也。而並馳。駕八龍之蜿蜿兮，載雲旗之委蛇。叶移。

箋 擁衆而駐劄其地曰屯。千乘，較上衆車已少，然尚嫌其多，恐路遠不便行，故又簡其車徒，使千乘屯於不周，獨齊玉軑之輕車而馳也。駕龍、載雲，則見其神之高馳而遠逝矣。

抑志而弭節兮，神高馳之邈邈。高馳而忽曰「神」者，恍若魂入夢中矣。屈子志在致君舜禹而不能，故作此夢中語也。奏九謌而舞韶兮，聊假日以媮樂。

箋 此已至西海，望見鷩霧流湍，莫能再進，故抑志弭節，暫駐其地而作神遊之想也。奏謌舞韶，豈大夫所敢僭越以取樂者？蓋大夫之高馳邈邈，原欲上探美人之宮，雖未敢徑叩宮門，然耳中之所聞者，居然大夏之九謌；目中之所見者，恍是有虞之韶舞。舜禹往矣，此美人宫中寂寞，所假以爲暇日之媮樂者，悉原生平意想所不能得，不意今一旦遇之，特恨徘徊宫外，殿陛崇深，無由得達，不足以罄瘖痳本懷。然陟陞赫戲，天庭咫尺，可藉此以通帝座，無慮天閽之拒我矣。

陟陞皇之赫戲兮，忽臨睨夫舊鄉。僕夫悲予馬懷兮，蜷局顧而不行。叶。

箋　「忽」字正夢中驚醒時也。言僕馬悲懷，則己之悲懷更不待言。繳還序首「忽而不能舍」、「夫惟靈修之故也」之意。通篇一氣盤旋，如神龍掉尾。

騷辯　以僕夫之蠢爾，亦切悲傷；余馬之無知，猶然戀土。蜷曲回顧，正爲「懷」字寫照；「不行」亦只是説馬，所以妙絶。把己之繫心宗國，不忘故君，一一俱在言外吞吐。曲終餘韻，意味悠然。

右第十節　凡九解。已上由西極至西海，車徒跋涉，不知費幾許勞頓，始得窺見美人宫墻，不意又成虚願，猶幸陟陞有路，不致失望。無如舊鄉在目，使我魂銷；故國依然，夢醒如初矣。

亂曰：　樂之卒章。已矣哉！國無人莫我知兮，又何懷乎故都？既莫足與爲美政兮①，吾將從彭咸之所居。收到「願依彭咸遺則」正意，爲通篇一大結穴。前後凡十節，九十二解，二千四百九十言，古今辭賦家第一首巨製。予於此篇不惜三折肱，將文中三昧盡行演出，使二千四百九十言頓化爲牟尼寶珠，顆顆圓通矣。讀者諒之。無人，無兩美必合之人也。「美人」二字雙收。

【校勘記】

① 兮，原作「矣」，據端平本楚辭集註改。

箋 突接「已矣哉」三字，大有一痛而絶之意。蓋屈子一生，正爲舊鄉不忍去，故都不能忘。所以戀戀於兹者，君臣之誼，無所逃於天地之間也。離騷之作，從天經地義至性中流出，故其思若湧泉，筆若遊龍，又若蜃樓海市，倏起倏滅。不但自寫沈憂，更可爲數千年來孤臣孽子凡不得於其君者，痛灑性天血淚。

辯證 已上把與國存亡之義，結出本旨。晦翁謂原「忠而過」，嗚呼，忠豈有慮其過之理乎？

節解 右亂辭，獨得一解。綜通體離憂之緒，而撮其大凡，末仍歸於「遺則」之一語，以爲絶筆也。其節促以殺，其音清以越，詞甚簡而意已周，境極危而志彌篤。綽乎如靈洞之歸雲，神閻之納海，極恢奇變化而不離乎宗者也。讀者味之。

屈辭精義卷之二

江都陳本禮箋訂

天問

發明　此屈子題圖之作，非渺茫問天詞也。時當戰國，齊諧志怪之書、山經璅語之説，事多荒誕不經，楚人不考其實，輒將琦瑋僪佹之事，畫於先王之廟，公卿畫於先公之祠，以爲殿壁觀瞻。而不知褻神瀆祀，莫此爲甚。三閭一腔忠憤無可寄託，故各按諸圖而題之，以寓其褒貶不平之慨。非彼蒼夢夢，必待千百世後人擊其蒙而發其覆也。後儒泥王叔師「問天」之説，昧題圖之義，儼若屈子鑿空杜撰此百十問，爲驚愚眩俗之談，豈不謬哉！爰細繹其題混沌，則自太空以至物類；題人事，則由皇古以至戰國，縱横上下，俯仰古今，莫不在其諷刺議論之中。嚴放伐之誅，則目無湯武；奮忠義之氣，則責及伊周。誠孔子之春秋、三代之爰書也。毋怪乎書壁呵問之時，天愁地慘，白晝如夜者三日。此誠忠貫日月而感鬼神，豈尋常敷腴掞藻之文哉？通計百有十六圖，昔嘗塗蕭尺木曾畫離騷、九歌等圖，而天問止五十四圖，未及此書之半。乾隆壬寅，特命内廷諸儒補繪離騷、九章、招魂、大招、香草等圖，惟天問未補，不無有望於來茲。至於文之錯落而無次第者，蓋廟不一廟，祠非一祠，或所見有先後，圖畫有重複，後人排纂其文，未能類列。然正於無次第中，見其錯綜變化之妙，斷續起伏之奇，斯爲善讀者矣。

王逸曰 何不言「問天」？天尊不可問，故曰「天問」也。屈原放逐，憂心愁悴，彷徨山澤，經歷陵陸，嗟號旻昊，仰天嘆息。見楚先王之廟及公卿祠堂，圖畫天地、山川、神靈，琦瑋僪佹，及古賢聖恠物行事。周流罷倦，休息其下，仰見圖畫，因書其壁，呵而問之，以渫憤懣，舒寫愁思。楚人哀惜屈原，因共論述，故其文義不次序云爾。

曰：「曰」字一呼，大有開闢愚蒙之意。遂同「邃」。古之初，誰傳道之？上下未形，何由考之？此憫人以井蛙、尺蠖之見，妄測高深，將荒誕不經之事，圖畫祠壁。屈子放逐，無以自遣，故不禁逐圖題咏。乃詰問世人之詞，解者謬稱「問天」，誤矣。

箋 乾鑿度曰：「有形生於無形，有太易、太初、太始、太素。」廣雅：「太初生於酉仲，太始生於戌仲，太素生於亥仲。」此混沌以前時，天地尚在鴻蒙一氣之中，誰能傳道其事，而考其成象成形乎？太空無圖可題，故只作虛詞總冒，以下悉以「誰」字、「何」字爲主，而佐以「孰」字、「焉」字、「安」字、「幾」字、「胡」字，以見書法，寓呵問之意。於天地陰陽，則窮其理；於人事物類，則極其變；而於君臣父子之間，筆尤謹嚴。此首段發脈處。

冥昭瞢闇，誰能極之？以下題圖之詞。

箋 冥昭，晝夜也。瞢闇，謂是時七曜未甄，光明未著，孰能通乎晝夜之道耶？

馮同「憑」。翼惟像，何以識之？題混沌初開圖。

箋 淮南子：「天地未分。」「馮翼惟像，何以識之」者，謂於絪縕窈冥中，見有若飛者、伏者、植者、動者，恍兮惚兮，其中有像，然未能名其狀而識之也。

約註 「冥昭瞢闇」者，言冥而昭，昭而復瞢闇也。此將形未形之時，誰能測其所極乎？「馮翼惟像」者，漸若有可馮可翼、將形而像之時。

明明闇闇，惟時是。何爲？

箋 此謂天地既闢，物各賦形，明明如日月星辰之麗乎天，闇闇如五岳四瀆之麗乎地。「何爲」者，似造物多事，無端闢此大千世界，生出許多可駭可異之事，其意欲何爲耶？怪之之詞。

約註 明明闇闇，言一晦一明，陰陽始分也。何爲，何所作爲也。若謂無爲，則光景何以忽異；謂屬有爲，機緘孰與料理也。

陰陽三合，何本何化？叶。題太極圖。

箋 太極象一涵三，動而生陽，静而生陰，是太極爲陰陽之本，陰陽爲太極之化。本者化之原，化者本之發，必三合而後能化。然則太極之爲極也，又本於何物而發而化耶？此又造物無言可對者也。

約註 三合有陰有陽，又有陰中之陽、陽中之陰。三者合焉，是一是二？何者爲本，何者爲化？理即在氣内，氣即在理内，混之不得，析之亦不得也。此上言未形之先，此下言既形之後。

圜則九重，孰營度之？惟兹何功，孰初作之？題天文九重圖。

箋　淮南子：「天有九重。」泰西利瑪竇曰：「九重者，宗動、恒星、土星、木星、火星、日輪、金星、水星、月輪。九層堅實相包，如葱頭然。」愚按：天包地外，地處天中，離地即天，何從有九？九重之天，誰爲經始，誰爲創造？其首事先於何重耶？

約註　謂天孰判之而爲九，孰削之而爲圜。天爲積氣，九重之中，從何重爲初作之程，此非次第之所可言也，又非無次第之所可言也。

斡維焉繫？天極天樞不動處。焉加？叶基。題南北兩極圖。

箋　斡，受軸而爲運轉者。維，繫轂之綱。北極五星在紫微垣，出地三十六度，近北一星爲天之樞紐。南極入地三十六度。天體繞極旋轉而極星不移，譬之車則軸也。轂必有所繫，然後軸有所加。天既虛空無著，則斡繫於何處，軸加於何所乎？

八柱何當？值。東南何虧？題地下八柱圖。

箋　此繼斡維而問地柱植根處也。河圖括地志曰①：「地下有八柱。柱廣十萬里，有三千六百軸，互相牽制。名山大川，孔穴相通。」地既有八柱，則八柱之下必有生根之處，方能撑拄，不然柱何以立耶？且地東南獨虧，豈東南不滿處，適當無柱之處耶？

【校勘記】

① 河圖括地志，據下文引書例，當作「河圖括地象」。

九天之際，安放安屬？叶。隅隈多有，誰知其數？題九天圖。

箋 太玄曰：「九天：中天、羨天、從天、更天、睟天、廓天、咸天、沈天、成天。」淮南子：「中央鈞天，東方蒼天，東北變天，北方玄天，西北幽天，西方昊天，西南朱天，南方炎天，東南陽天。」廣雅：「天周六億十萬七百里二十五步。」續博物志：「天周一百七萬九百十三里。」天之有九，其安放處必更有大於九天十倍者，方能載天之大；必更有大於天百倍者，方能勝載天者之大。則此九天，在六合之外，於何安放，於何附託耶？淮南子：「天有九野，九千九百九十九隅，去地五億萬里。」隅隈，天之間維參差相錯處。

天何所沓？合。十二焉分？題分野圖。

箋　天無體，曆象以二十八宿分天體爲十二辰，以配地十二次之分野也。斗至危，星紀之次；婺女至危，玄枵之次；危至奎，豖韋之次；奎至胃，降婁之次；胃至畢，大梁之次；畢至東井，實沈之次；井至鬼，鶉首之次；柳至張，鶉火之次；張至軫，鶉尾之次；軫至氐，壽星之次；氐至尾，大火之次；尾至斗，析木之次。「焉分」者，仲春三月，星火在東，星鳥在南，星昴在西，星虛在北；仲夏則火轉而南；仲秋則火轉而西；仲冬則火轉而北。星既日徙，則野難專屬。且燕在北而應在東之析木，魯在東而應在西之降婁，秦居西北而鶉首應於東南，吳越居東南而星紀應於東北。此又何以分耶？

日月安屬？列星安陳？題七曜圖。

箋　日行黃道，有分至啓閉；月行黑道，有朔望弦晦。屬，維繫也。「安屬」者，日月之出入諸道，縱横相維而繫之於何所乎？列，衆也。「安陳」者，星有三垣、二十八宿。中外常明者百有二十，可名者三百二十，微星二千五百，含譽一萬一千五百二十。懸於空際，萬古在天，何以運行而不紊乎？

出自湯同「暘」。谷，在黑齒國北。次於蒙汜。自明及晦，所行幾里？題羲和馭日圖。

箋　淮南子：「日出於暘谷，入於虞淵之汜，行九州七舍，凡五億萬七千三百九里。」云「幾里」者，渺之也。考宗動天，日周四十萬零六千八百九十八萬六千零五十一里，人一日二萬五千二百息，計人之一息，宗動應行一十六萬一千四百六十七里。以大周天較之，日之行天，不啻如蟻之旋磨也。

夜光何德，死則又育？厥利維何，而顧菟在腹？題月中顧菟圖。

「菟」顧月生子，子從口出。「吐」、「菟」同音，故曰顧菟。

箋　月曜日而明，初三哉生明，十五夜哉生魄，晦爲既死魄。「何德」者，月魄既死，菟在月腹，自應隨魄而死，何以次月生明而菟又依然在腹耶？蓋月之德在育，菟之利在顧。菟乃月中陰精凝魄處，真陰蘊真陽，故明生而菟復育焉。

女岐止。無合，句。夫焉取九子？題女岐九子圖。

箋　此承太陰，而證生人之始也。陰陽二曜爲生人生物之始，月既能結胎腹育，則人間女子亦可以無夫而有孕子之義矣。故取象於太陰，而悟生人之始乃先天理也。易曰「天地絪緼，萬物化醇」，此先天大父母；「男女構精，萬物化生」，此後天父母。太玄曰：「日幽嬪之，月冥隨之。」豈真若世間，有夫婦之道耶？女岐無合，迨笑世人以倮蟲之見，而妄窺先天之神女，故下文復以後天無夫而生之子爲證，以見先天之生人不測也。

伯强「陽」字之訛。何處？惠氣安在？題吞星娠子圖。

箋　「强」、「陽」音相近而訛，謂伯陽也。此因上述無夫而生子之神女，恐人未信，故又引一無父而生之博大真人以爲證也。史稱老子楚苦縣人，名耳字伯陽。母吞流星而娠，懷之七十二歲而生。爲周守藏史。周衰，騎青牛過函谷關，關令尹喜望見紫氣浮關，知有真人至，遂師事之。曰「何處」，曰「安在」，迨亦尹喜望老子之意。惠氣，紫氣，祥和瑞靄之氣也。

正誤　伯强，王逸訛謂大厲疫鬼，而周孟侯以山海經之「禺强」附會之，並以「惠氣」爲風，亦非。

何闔而晦？何開而明？叶。角宿未旦，曜靈安臧？同「藏」。題夜觀春星圖。

箋　此恨太陽之受蔽於羣陰也，點明作問本懷，如畫龍有睛。按泰西曰：日輪大於地球一百六十五倍又八分之三。日既如此之大，則日入之後，地小於日，何以能掩其光而爲夜耶？角春旦在東，秋旦在西，角宿未旦，曜靈何爲而韜光匿影耶？

附註　此借日之明，以喻人心之明德也。人之明德，昭昭炯炯，固不待天之闔而晦、開而明也。角宿未旦，正雞鳴而起之時。有孳孳爲善者，有孳孳爲利者。天既生舜，何又生跖？豈跖之性靈於此時獨昏昏，如曜靈之藏而不見耶？此專爲楚懷發，并爲三代征誅放伐之諸人發。故特於生人後補此一章，上結天文，下起人事。此通篇提綱挈領處也。

正誤　按蔣註云天地間有不待開而明者，如鐵勒國之無夜、萊子國夜半日出；有不待闔而晦者，如河婁國之無日，北極火鍾山日月不照，南北兩極之下，又有半年爲晝，半年爲夜。考據雖詳，其如與本文之寓意不合。

右第一段　已上述天文，而夾入生人者，聖人與天合德，繼天立極。裁成輔相天地之道，參贊化育之功，非聖人不能，故首及人。

不任汩急湍。鴻，洪水。師，衆。何以尚叶常。舉。之？僉曰何憂，何不課而行叶。之？

題四岳舉鮌圖。此疑四岳之不明，下傷鮌治水之不明也。水土相連，金水附麗於地，故先地言水。

箋 當時稷契諸臣豈不能治水，而獨舉鯀者，鯀必有異人之才，能率衆幹禦疆理其事。四岳既以「試可」應帝，則於鯀九載治水之時，何不早課其績而黜陟之，輒任其婞直而行耶？

鴟龜曳銜，鯀何聽焉？順欲成功，帝何刑焉？ 題崇伯治水圖。

箋 鴟曳翅飛，狀水爲隄障而洄洑也；龜銜尾行，狀土壘成阜而綿亘也。書稱鯀「陻洪水」，國語謂其「墮高堙卑」，此鴟龜曳銜之術，既與水性不利，急當疏濬下流，使水有所歸，不得聽其潰決殃民。二「聽」字是其獲罪致獄之由。

正誤 王逸訛謂鯀死爲鴟龜所食。

永遏在羽山，夫何三年不施？ 叶所加反。同「弛」。伯禹腹鯀，何以變化？ 叶花。

題鯀殛羽山圖。「夫何」二字，似疑鯀之罰浮於罪，然九載績用弗成，非人力不盡，特傷其不能變化，直欲與水鬬力耳。

箋 遏，謫置也。史稱堯有九年之水，計自四岳舉鯀而患日滋甚，迨被殛，舉禹。傳稱禹能修鮌之功，則九載之間，鮌非盡無功，但行之不善而不成耳。是以有羽山之貶焉。「三年不施」者，蓋洪水之害甚於殺人，鮌之鄣之，是殺人而又加功焉，故罪特加重。詩稱「燕翼貽謀」，有其父必有其子，禹身親從鮌腹所出，何以能幹父之蠱，變堤鄣而爲疏導、錫元圭而告厥成功耶？

纂就前緒，遂成考功。何續初繼業，而厥謀不同？題禹平水土圖。

【眉注】

禹能幹父之蠱，何頊襄繼業，乃不能幹懷王之蠱耶？此迨爲頊襄發也。

箋 「考」謂鮌。國語：「禹以德修鮌之功。」曰「前緒」，見鮌之治水規模措置已定，特行之未善，以致僨事；且不修德，以婞直虐民，大興徒役，作九仞之城，故諸侯悖之。禹傷乃考之殛，躬乘四載，隨山刊木，纂其初開之緒，續其未就之業，改障爲濬，是其厥謀之不同如此。

洪泉極深，何以寘同「填」。之①？題禹寘息壤圖。「何寘」、「何墳」，承上「纂就前緒」言，見謀之不同，則功業之成敗亦各有異。

【校勘記】

①寘，原作「寘」，據端平本楚辭集註改。注中「寘」字亦誤，同改。

箋　泉，淵也。淮南子：「地有九淵，禹以息土填洪水，爲名山。」禹填息壤，亦「墮高堙卑」之術，禹何以塞之而止耶？

地方九則，何以墳叶敷連反。之？題封崇九山圖。

箋　則，九州壤地之則。墳，高起也。國語：「禹封崇九山。」蓋水治土高，禹益崇之以扞潰決，此亦鴟龜曳銜之法，禹何以用之而成耶？

應龍何畫？河海何歷？叶勒。題應龍畫地圖。

箋　應龍有翼。大荒東經：「處南極，殺蚩尤與夸父。」大業拾遺記：「禹治水，應龍以尾畫地，導決水之所出。」岳瀆經：「堯九年，巫支祈爲孽，應龍驅之龜山足下。」「何畫」者，問禹之治水，禹貢有書，山海有經，曾無齒及應龍畫地之事，即使有之，今河海所歷，何處是應龍所畫之區耶？

鮌何所營？禹何所成？

箋 此以鮌禹之成敗相提而並論之也。鮌之營也，豈盡鴟龜之術？乃適值其九年大水，懷山襄陵，而人力難施也。禹之成也，豈盡應龍所畫？亦賴益稷召興徒役，傅土表木，烈山澤而焚之，此功之所以底於成也。

康回馮盛。怒，地何故以東南傾？題康回壅川圖。

【眉注】 楚懷兵敗地削，被執於秦，皆因馮怒黷武。秦在楚之西北，故曰「東南傾」，寓諷之詞。

箋　康回，太皥臣共工，黑龍氏之子。黑龍氏薨，子康回襲。史稱回髦身朱髮，任智自神，自謂水德，壅防百川以害天下，女媧氏戮之。此借回以傷鮌也。蓋東南地本窪下，天下尾閭處也。豈因康回之怒，而地遂東南傾耶？

周註　鮌之營也何術，禹之成也何功？鮌之治水也，黿之；禹之治水也，龍之。此成敗之所由耶？水流不返，莫洗崇伯之寃；地陷東南，豈竟康回之怒？屈原比而言之，憑弔深矣。

九州安錯？　叶措。題九州圖。

箋　周禮疏：「神農以上，有大九州。黄帝乃於神州内分九州。」河圖括地象曰：「中國九州名赤縣神州。」鄒衍曰：「中國外，有如赤縣神州者九。」按今之冀兖青徐揚荆豫梁雍九州，乃顓頊所建。堯遭洪水，增幽并營爲十二州。禹平水土，還爲九州。「安錯」者，問地在天中，空空洞洞，安置於何所耶？

附註　按九州之錯，周髀渾天之説各異。朱子謂束於勁風旋轉之中，故甚久而不墮。愚謂非也。今以一丸置空中，雖遇勁風盤旋，未有久而不墜者。况厚地之大，豈一丸比耶？又有謂如豆在脬、如黄在卵，其言亦非。豆之在脬，必鼓其氣而閉之，豆始浮。今使大地似之，則人悶於氣中，而人絶矣。又泰西謂地上下四旁皆生齒所居，此言尤爲不經。蓋地之四面皆有邊際，處於邊際者，則東極之人與西極相望，如另一天地，然皆立在地上。若使旁行側立，已難駐足，何況倒轉脚底、頂對地心，焉能立而不墮乎？蓋大地結根於天，如菌之有蒂，故凝然不墜。七曜運轉，皆在地之空際，所以南北極出地入地，皆斜繞不正對，恐礙地心也。

川谷何洿？叶互。題導川圖。

箋 禹貢：「道九川。」水注海曰川，注谿曰谷。洿，深也。九川本深，禹復從而道之，故益深，能納百谷之水而朝宗於海也。索隱：弱、黑、河、瀁、江、沇、淮、渭、洛，是謂九川。

東流不溢，孰知其故？題渤海圖。

箋 列子：「渤海之東有大壑，實維無底之谷，名曰歸墟。八紘之水，莫不注之而無增減焉。」事類：「沃焦在碧海東，有石濶四萬里，居百川下，水沃之則焦竭。」朱子云：「天地之化，往者消，來者息。水流東極，氣盡而散耳。」愚按：百川之水，其源皆出於山而下注於海，隨天地呼吸之氣運轉，如人身之血脉經絡，由腦而下注尾閭，又由夾脊雙關而上行於腦，周流循環，貫注一身也。圖書編曰：「地體如肺。」易象化機曰：「地如空瓠。」蓋地之爲物，外實内虚，名山大川，孔穴相通，此盈則彼絀，彼消則此息，循環運轉，周流不息，故萬古不溢也。

東西南北，其修孰多？題輿地圖。

箋　山海經：「禹使大章步自東極，至西極，二億三萬三千五百里七十五步。使豎亥步自北極，至南極，二億三萬三千五百里七十五步。」吕覽：「四極之内，東西五億九萬七千里，南北亦五億九萬七千里。」利西江曰：「地球東西南北各七萬二千里。」已上諸説，則東西南北修短正相等。

南北順墮，狹而長。其衍幾何？

箋　詩含神霧：「天地東西二億三萬三千里，南北短三萬一千五百里。」春秋命曆序：「四海東西九十萬里，南北短九萬里。」河圖括地象：「八極之廣，東西二億三萬三千里，南北短一千五百里。」靈憲：「八極之維，徑二億三萬二千三百里，南北短一千里。」淮南子：「闔四海之内，東西二萬八千里，南北短二千里。」已上皆東西長而南北短。天文録：「天地南北二億三萬三千五百里七十五步，東西短四步。」利西江地球圖分輿地爲六大州，曰歐邏巴、曰利未亞、曰亞細亞、曰北亞墨利加、曰南亞墨利加、曰墨瓦臘泥加。歐邏巴者，大西洋地也，南至地中海，北至卧蘭的亞及冰海，東至大乃、墨海的湖、黑海，西至大西洋各島。利未亞者，爲西南洋地，南至大浪山，北至地中海，東至西紅海、聖老楞佐島，西至河摺亞諾滄。亞細亞爲中土，南至沙馬大臘、吕宋、亞齊、噶喇巴等島，北至白臘、冰海，東至日本島、大清海，西至大乃河、墨河的湖、大海、西紅海、小西洋等處。南、北亞墨利加者，是中國後面之地。墨瓦臘泥加盡在南方，惟南極出地而北極恒藏焉。其地甚大，荒杳無人，則又南北長而東西短矣。

右第二段 已上先論治水。蓋水不治，地猶未平，故先地而題也。

崑崙縣圃，縣圃在崑崙之顛。其凥山之託根盡處。安在？叶。增城九重，其高幾里？

增城又在縣圃之上，高萬三千里。題崑崙圖。

箋 水經：「崑崙墟去嵩高五萬里，地之中也。山三級，下曰樊桐，一名板松；二曰玄圃，一名閬風；三曰增城，一名天庭。」此皆崑崙之仙山，樓閣縹緲，太帝之居也。淮南子：「層城九重，高萬一千里百十四步二尺六寸。」拾遺記：「崑崙九層，層相去萬里。」

四方之門，誰其從焉？西北闢啓，何氣通焉？題天門圖。

箋 山海經：「崑崙，帝之下都，面有九門，門有開明獸守之。」淮南子：「崑崙有四百四十門，門間四里，里間九純，純丈五尺。北門常開，以納不周之風。」河圖括地象：「八極之門，東北田蒼，正東開明，東南陽門，正南署門，西南白門，正西閶闔，西北幽都，正北寒門。八極之雲是雨天下，八門之風是節寒暑。」

日安不到，燭龍何照？題燭龍圖。

箋 海外北經：「鍾山之神名曰燭陰，人面蛇身，赤色，身長千里。視爲晝，瞑爲夜。」淮南子：「燭龍在雁門北，其國蔽於委羽之山，不見日。其神人面龍身，無足。」

羲和之未揚，若木何光？題若木圖。

箋 大荒東經：「東南海外有女子名羲和，帝俊之妻，生十日。」羲、和，二國名，每日出，二國人爲御。啓筮曰：「空桑之蒼蒼，八極之既張。乃有夫羲和，是主日月，職出入，以爲晦明。」淮南子：「若木末有十日，其花照下地。」

何所冬暖，何所夏寒？此題火地冰海圖。

箋 輿地志：「北有冰海，南有火地。」大明官制：「五臺，丑北，炎天積雪，而六月尤寒；象臺，未南，歲際納涼，而季冬尤熱。」八紘譯史①：「百爾西亞極熱，人常坐卧水中。阿路索極寒，六月有僵凍者。滿剌伽四時皆裸。莫斯哥盛夏重裘。」

【校勘記】

① 八紘譯史，清陸次雲撰，原誤作「八紘繹史」，據改。

焉有石林？題瑶林圖。

箋 李賀曰：「石林山在東海之東，有石如木，挺立數仞，開花朱色，爛然滿山。」抱朴子：「崑崙有琅玕碧瑰之樹，每風起則枝條花葉互相叩擊。」拾遺記：「須彌山第六層有五色玉樹，蔭翳五百里。」「方丈之山，玉瑤爲林。」

何獸能言？叶垠。題能言獸圖。

箋　狌狌、巂巂、昆蹏、白澤、角端、山獔，皆獸之能言者。神異經：「西南大荒中，有獸如兔，人面能言，其名曰詭。」譯史：「哈烈有肉角馬，能人言。」

焉有龍虬，負熊以遊？題虬負熊圖。

箋　龍有角曰虬。外紀：「黃帝有熊氏嘗乘斑龍四巡。」列仙傳：「有熊鼎成，乘龍上升。」柳天對云：「有蛇逶迤，不角不鱗。嬉夫玄熊，相待以神。」

雄虺九首，題相柳氏圖。

箋　海外北經：「共工之臣曰相柳氏，九首人面，蛇身而青，食於九山。其所歍所尼，即爲源澤。」禹殺之。

儵忽焉在？　叶。題儵忽二帝圖。

箋　莊子：「南海之帝爲儵，北海之帝爲忽。」「儵忽」者，言其往來急疾，無定在也。

正誤　「儵忽」，王逸訛謂「電光」。

何所不死？　題長齡國圖。

箋　不死民在交脛國東。天對：「員丘之國，身民後死。」

蔣註　古稱龍伯民、阿姓國、三面人、毗騫王，無脊、三蠻、白民、祈淪、頻斯、軒轅、驩兜、移池諸國，多有不死者。

長人何守？　叶矢。題巨人國圖。

箋　河圖玉版：「從崑崙以北九萬里，得龍伯國，人長三十丈，生萬八千歲。從崑崙以東得大秦國，人長十丈，亦壽萬八千歲。不知田作，但食沙石。從此以東十萬里，得佻人國，長三十丈五尺。」何守，猶防風氏「守封禺之山」之「守」。

蔣註　古來長人之説不一。列子、河圖龍文所載，至西北海人長三千里止矣；而凉州異物志有大人，在丁零北，長萬餘里。又邊州聞見録：「康熙二十六年，有從滇南航海者，遥望浮圖峙雲表，俄即之，人也。欠伸而起，捉七人噉之，還坐如浮圖。衆潛去奔船，其人舉足即至，曳船，衆斧之，斷指長二尺有奇。或曰此獨人國也。」

靡蓱蘋。九衢，題靡蓱仙草圖。

箋　家語：「楚王渡江得蓱實，大如斗。」吕覽：「菜之美者，崑崙之蘋，壽木之華。」「九衢」言其枝葉九出。王巾頭陀寺碑：「九衢之草千計。」

天問補註　沈約郊居賦：「舒翠葉而九衢，開丹花而四照。」又八詠詩：「凋芳卉之九衢，賈靈茅之三脊。」以「九衢」與「靈茅」對舉，見皆仙草也。梁元帝爲妾弘夜珠謝東宫賚合心花釵啓曰：「夜珠昔往陽臺，雖逢四照；曾遊澧浦，慣識九衢」，則似九衢爲水草矣。

枲華安居？ 題疏麻瑤華圖。

箋 枲，麻之有子者。說楛云：「疏麻大二圍，高四尺，四時結實。」九歌：「折疏麻兮瑤華。」此以「枲」與「九衢」同舉者，似亦仙草類也。朝鮮記：「鹽長國有建木，玄華黄實，其實如麻，百仞無枝，下有九枸。」「枸」與「衢」通，殆即建木之謂耶？

靈蛇吞象，厥大何如？ 題巴蛇吞象圖。

箋 海内南經：「巴蛇食象，三歲出其骨。」郭注：「其長千尋。」雍江記：「羿屠巴蛇於洞庭，其骨若陵，故曰巴陵。有象暴骨，爲象骨山。」朝鮮記：「朱卷國黑蛇青首，食象。」

黑水玄趾，西京賦「趾」作「沚」。三危安在？ 題黑股國圖。

箋 書：「道黑水，至於三危，入於南海。」西山經：「黑水出崑崙西北隅。」玄趾即玄股國。水經注：「三危在燉煌南。」括地志：「山有三峯，亦名卑羽山。」

延年不死，壽何所止？題壽民國圖。

箋 前言「不死」，是言其人本多壽；此言「不死」者，見服食之能延年。「何所止」，壽命無期也。穆天子傳：「黑水之阿有木禾，食者得上壽。」拾遺記：「勃鞮國人食黑河水藻，壽千歲。」淮南子：「食黑水之藻，可以千歲；飲三危之露，可以輕舉。」又三危有金臺石室，人食氣不死。

鯪魚何所？鬿堆追。焉處？題鯪魚鬿雀圖。

箋 南越志：「鯪形似蛇而四足。」臨海異魚贊：「吞舟之魚，其名曰鯪。背腹有刺，如三角菱。」山海經：「陵魚人面，人手足而魚身，見則風濤起。」又「北號山有鳥，狀如雞，白首鼠足虎爪，食人，名鬿雀。」

羿焉彃日？烏焉解羽？題羿彃九烏圖。

箋 淮南子：「堯時十日並出，草木焦枯。命羿仰射，中其九日，日中烏盡死。」「羿焉彃日」者，言十日並出，羿即神射，豈能發矢及天而能射落其九乎？「烏焉解羽」者，漢書天文志注：「陽精之宗，積而成烏。」有象無質，又有何毛羽之解耶？

右第三段 已上述大荒海外諸怪異，見天地生物不測，人不可以井蛙、尺蠖之見而窺天也。

禹之力致力也。獻功，降省下土方。「方」字倒裝，將也，言方將致力於下土也。非商頌「下土方」之謂。焉得彼嵞山女，而通之於台桑？題禹娶嵞山氏圖。

【眉注】 以下論人事。復從禹起者，禹以明德開基，爲三代首出之君，而猶被此小人無稽之口，故屈子首先闢之也。

箋 以下述三代興亡，似皆出於楚史檮杌。屈子曾爲左徒，不必遠求柱下，故於天問記事獨詳。此中段起頂處。

閔憂。妃匹合，厥身是繼。胡爲嗜不同味，而快鼂朝。飽？叶庇。

箋　吴越春秋：「禹年三十未娶，自恐時暮，祝曰：『娶必有應。』乃有白狐九尾造焉，於是娶于嵞山。」吕覽：「禹娶嵞山女，自辛至甲，四日復往治水。」「不同味」者，言聖人之嗜味與人同耳。三十而娶，爲無後也；「厥身是繼」，其憂深也；且娶四日即行，爲民之陷溺於水，其憂更有甚於己之無子者。故三過其門而不入，八年於外。豈可誣以野合，如快一朝之飽者然哉？

啓代益作后，卒然離蠥。蠥。害也。題啓代益作后圖。

【眉注】　當時野史所傳，如舜囚堯、啓殺益、太甲殺伊尹、文丁殺季歷，此等怪僻邪説，要皆戰國術士陰謀，欲以聳動人主以行篡弑之計，固不足信也。

箋　按史通載，竹書有「益代禹立，拘啓禁之，啓出殺益」之説。「卒然罹蠥」者，謂啓潛出殺益。此或當時檮杌有此言，而屈子引之也。

何啓惟憂，而能拘謂不拘也。反言見意。是達？叶迭。

箋 禹薦益於天，禹崩，益避於箕山之陰。啓憂后位不己立，故乘其避讓之際，陽代陰踞，而卒踐天子位也。「是達」者，謂破禪讓格而爲傳子例也。

附註 孟子稱天下諸侯朝覲者，不之益而之啓，則有扈何以不服耶？天下謳歌者，不謳歌益而謳歌啓，又何用「大戰於甘，用命賞於祖，不用命戮於社，予則孥戮汝」，又何其激烈如是耶？屈子生距孟子不遠，當時古史所傳，或別有據也？

約註 益宜有天下，父薦益，則宜矢讓；人不服，則宜修德。今啓何以自居帝位，而征不服？專于憂勤，反前人之所拘者，而以達節破之，此一大疑案也。

皆歸射鞫，鞫。而無害厥躬。「躬」指益言。題益避箕山圖。

箋 書疏：「有扈見堯舜受禪，啓獨繼父，不服，遂叛。」「皆歸」者，謂甘誓以「威侮五行、怠棄三正」而歸罪於有扈也。「射鞫」者，窮理罪人而使之無可置辯也。「無害厥躬」者，啓即位，封伯益於費，史稱扈有歸益之心，益不自安，故請老歸政，就國於箕山之陰。及有扈滅而害不及益，故曰「無害厥躬」。

何后益作革，而禹播降？ 叶。

箋　「作革」者，史稱益召興徒役，傅上表木，烈山澤而焚之，佐禹平水土，得施播降功，俾禹邀舜薦，履帝位。何禹崩，益膺禹薦，而益竟不克邀奏庶鮮食之報耶？

啓棘賓商，九辯九歌。叶基。題啓賓商均圖。

箋　九棘，王之外朝。王制注：「左九棘，孤卿大夫位焉；右九棘，公侯伯子男位焉。」舜處其子義均於商，謂之商均。禹復封之虞，客而不臣。及啓即位，仍循舊典，賓商均於外朝之地，而奏九辯九歌之樂，以見己之變禪爲繼，猶勤於大德之報也。

正誤　「啓棘賓商」，朱子謂「棘」當作「夢」，「商」當作「天」，以篆文相似而誤，非也。按大荒西經「夏后開」，即啓，避漢帝諱改開。「上三嬪於天，得九辯九歌以下。」竹書：「夏后啓十年，巡狩，舞九韶於天穆之野。」天穆，帝顓頊産伯鮌處。伯鮌，啓六世祖，非崇伯鮌也。此啓因巡狩於發祥之地而祀其先也。天問此章乃啓賓商均之事，不得援山經以釋天問。

何勤子屠母，而死分發蒙：「『死分』句，猶言至於斯極也。」**竟地？**叶低。題啓母化石圖。

箋 啓母石在嵩山。「死分竟地」者，謂人已化，而魄歸於地也。「勤子」者，淮南子：禹治水時，自化爲熊，以通轘轅之道。塗山女見而慙，遂化爲石。時方孕啓，禹曰：「還我子。」於是石破生啓。夫禹之索啓，爲「勤子」也。而不知適已屠副其母矣。此亦不經之説，故原闢之。

帝降夷羿，革孽夏民。胡躲石。夫河伯，而妻彼雒嬪？題羿妻雒嬪圖也。「胡」字直貫下，至「不若」止。甚言羿之殘忍而淫惡也。

箋 夷羿偃姓，有窮氏。左臂修而善射。自鉏遷於窮石。太康立，兵於河上以距之。及相立，爰逐相自立。竹書：「帝芬十六年，雒伯用與河伯馮夷鬭。」河洛二國名，伯其爵，嬪其妃耳。羿恃善射，殺河伯，奪其國，又殺雒伯，而淫其妃也。

正誤 王逸註謂河伯化爲白龍，遊於水旁，羿見射之，眇其左目，河伯上訴於天帝，曰：「使汝深守神靈，羿何從得犯耶？」雒嬪，水神宓妃也。羿又夢與宓妃交。皆妄言也。故闢之。

馮珧利决，封豨是躲。題羿滅封豨圖。

箋　珧，弓之飾以蜃者。決，象骨爲之，著指以鈎弦。「封豨」者，樂正夔之子。先是有仍之女美而鬒，厥澤可鑒。樂正后夔納之，生伯封。貪拘忿纇，實有豕心。羿躲之桑林，滅之。

【眉注】　金履祥曰：「左傳所載伯封之事似失之誣。路史曰：『禹命伯封叔及昭明作衍曆，歲紀甲寅，敬授人時。』則伯封夏之天官，仲康征羲和而夷羿滅伯封，是與王室爭諸侯耳。」

何獻蒸同「烝」。肉之膏，而后帝不若？　題羿獻蒸肉圖。

箋　烝，冬祭也。竹書：太康被羿廢逐，居斟鄩。四年陟。羅苹路史曰：「廢逐之後，世莫知其死。」「不若」者，似羿行操、莽之計，於冬祭日獻鴆肉而弑帝也。后帝指太康。此事亦檮杌遺聞，得天問傳出，可補古史之闕。

正誤　王逸註：「帝謂天帝，羿獵射封豨，以其肉膏而祭天。」誤也。此罪羿之詞。封豕不道，羿滅之，胡乃躬行弑逆耶？

浞娶純狐，眩妻爰謀。叶枚。何羿之射革，而交吞揆謀。之？題浞娶純狐圖。與上射河伯、妻雒嬪，射封豨對看，見天之報施不爽。

箋 路史：「浞，寒君伯明之讒子弟。」羿篡夏自立，任以爲相。浞烝娶羿妻嫦娥，小字純狐。浞内媚外賂，娛羿於畋。與逢蒙共謀殺羿。此言羿以貫革之勇，何以不能脱交吞之厄耶？

阻窮西征，巖何越焉？題羿遷窮石圖。

天問補註 此羿事，「阻」當作「鉏」。「窮」即有窮。羿自鉏遷窮，急於西征，其巖險何以過於他國也？

新註 左傳：「魏莊子曰：『后羿自鉏遷於窮石。』」巖，險也。越，過也。鉏城在滑州衛城東。汲古文：「太康居斟鄩，羿亦居之。」以商丘二斟較之，有窮在西，是羿之巖險無過於鉏，何以舍險而急於西征，爲浞所滅也？

化爲黃熊，巫何活焉？題伯鯀化熊圖。

箋　左傳：「堯殛鯀羽山，其神化爲黄熊，入於羽淵。」羽山在今海州贛榆，登州蓬萊縣亦有羽山。鯀之入淵，蓋傷功之不成，被殛投荒，抱恨而自沉於羽淵也。山海經：「靈山有十巫，百藥爰在。」窫窳爲貳負所殺，帝憐其無罪，使六巫夾其尸，摻以不死之藥，而窳復活。此言鯀死化爲黄熊，似必有神巫治之，不然何以活焉？蓋闢化熊之説也。

咸播秬黑黍。黍，莆藋是營。何繇并投，而鯀疾咎。修長。盈？題鯀營莆藋圖。

箋　莆藋，水草，窪下之地所出。鯀營莆藋之地爲隄，原欲使民播種，非有害民之心，何與四凶并投而罰更重乎？

右第四段　已上述有夏一代事，而以鯀終者，蓋傷鯀功未就而獲咎，以致沉淵化熊也。

白蜺蝴蝀。嬰䋼繞。茀，雲之逶迤似蛇者。胡爲此堂？公卿祠堂。安得夫良藥，不能固臧？題姮娥奔月圖。

【眉注】

論人事，忽夾入「白蜺」一段，正爲此堂而發。堂與廟同，乃先王先公棲靈之所，不當以古今叛亂淫褻事及大荒海外諸怪異，滿繪於壁。「胡爲」二字，詞嚴義正。

箋 此形容純狐之妖氛淫氣，如虹蜺之縈繞於堂也。「胡爲」者，訝之也。後漢書天文志：羿請不死之藥於西王母，羿妻姮娥竊之以奔月。將往，枚筮之於有黃。筮曰：「翩翩歸妹，獨將西行。逢天晦芒，毋驚毋恐。後其大昌。」姮娥遂託身於月，爲蟾蠩，陰宗之精，三足，司太陰之行度，月神也。

正誤 王逸謂：「崔文子學仙於王子僑，子僑化爲白蜺而嬰茀，持藥與崔文子。文子驚怪，引戈擊蜺，中之，因墮其藥。俯而視之，子僑之尸。」妄也。

天式從橫，陽離陰死。大鳥何鳴？夫焉喪厥體？題鼓鴟化鳥圖。

天式法。從橫，陽離陰死。叶洗。

箋 易有陰陽五行、流行對待之理，所謂「式」也。「從橫」者，卦爻之錯綜也。「陽離陰死」者，太玄：「顛靈氣形反。」注：「陽極於上，陰絶於下。靈魄顛墜，則氣反於天，形歸於土。」「大鳥何鳴」者，西山經：鍾山之神曰鼓，與欽䲹殺葆江於崑崙之陽，帝戮之嶢崖，欽䲹化爲大鶚，鼓亦化爲鵕鳥，而鳴音如辰鵠。此言鼓䲹既伏天誅，何能又化大鳥而鳴耶？

正誤 王逸謂：「崔文子取子僑之尸置之室中，覆之以弊筐，須臾化爲大鳥而鳴。開而視之，翻飛而去。」是皆無稽之語也。

蓱號起雨，何以興之？撰具。體脅鹿，何以膺之？題雨師風伯圖。

箋 搜神記：「雨師一曰屏翳，一曰號屏。」脅鹿，風伯飛廉也。舊詁謂：「天撰十二神鹿，一身八足，兩頭。」三輔黃圖：「飛廉鹿身、雀頭、有角、蛇尾、豹文，能致風。」號，呼也。興，起也。言雨師號呼，何以風起雲興而必應之乎？

鼇戴山抃，何以安叶奄。之？釋舟陵行，何以遷之？題海上蓬瀛圖。

箋 玄中記：「巨靈之鼇，背負蓬萊山而抃。」列子：「東海五山，岱輿、員嶠、方壺、瀛洲、蓬萊。相去七萬里，隨潮往來，不得暫峙，仙聖毒焉。帝命禺強使巨鼇十五舉首戴之，五山始峙。俄而龍伯之國有大人焉，一釣而連六鼇，合負而歸。於是岱輿、員嶠二山流於北海，仙聖之播遷者巨億計。」釋舟陵行，謂鼇釣山移，衆仙聖何以能安而遷也？

右第五段 已上雜記公卿祠堂所畫佹僪不經之事，各按其圖而闢之也。

惟澆在户，何求於嫂？叶叟。何少康逐犬，而顛隕厥首？此題少康逐犬圖。女岐縫裳，而館同爰止。何顛易厥首，而親以逢殆？叶底。題女岐縫裳圖。心印將前「帝降」十二句移置此章之首，似爲有見。殊不知屈子當日遇圖便題，隨筆而書，此文之所以前後錯出，如雲霞無心，自然變現也。

箋 澆，寒浞淫羿室所生者。竹書注：「少康使汝艾諜澆。初，浞娶純狐氏，有子早死，其婦曰女岐，寡居。澆强圉往至其户，佯有所求，女岐爲之縫裳，同舍止宿。汝艾夜使人襲斷其首，乃女岐也。澆既多力，又善害人，艾乃畋獵，放犬逐獸，因嗾澆顛隕，乃斬澆以歸。」以澆之强，何以斃於一犬？以女之縫裳，何以誤斷其首？皆當時相傳妄語，故闢之。

胡應麟曰 紀年明書伯靡帥二斟之師以伐浞，少康使汝艾伐過殺澆，伯子杼帥師滅戈，皆聲罪致討之師。乃有以澆淫於嫂而艾襲之，誤斷女岐之首；又因田獵，以犬逐澆。夫澆既父子竊國，所居必擬於王者，豈得潛身下里，同於細人？且既遭女岐之顛越，在澆豈無戒心，而復捐生於一犬耶？足見世説之妄。

湯朱子云「康」字之訛。謀易旅，何以厚之？題少康中興圖。

箋 左傳：「夏后相失國，依於二斟。浞使澆殺斟灌，以伐斟鄩，滅夏后相。后緡方娠，逃歸有仍，生少康。長爲虞庖正，有田一成，有衆一旅，能布其德而兆其謀，收二國之燼，卒滅浞、澆。」何以厚之，謂康以一旅之衆，何以厚集其力，卒能殄滅元兇而祀夏配天？

覆舟斟鄩，何道取叶此苟反。之？題覆舟戰濰圖。

箋 竹書：「帝相二十七年，澆及斟鄩大戰於濰，覆其舟，滅之。」何以取之者，謂斟灌、斟鄩皆夏同姓諸侯，后相失國依之，是必國有可恃，兵力尚强，何以澆一鼓覆其舟而滅之耶？

桀伐蒙山，何所得叶狄。焉？妹嬉何肆，湯何殛焉？題桀得妹嬉圖。

箋　大紀：「桀伐蒙山，有施氏進女妹嬉，桀嬖之，爲之造瓊室、象廊、瑶臺、玉牀，行淫縱樂。又爲肉山脯林，酒池可以運舟，一鼓而牛飲者三千人。」伐蒙得妹，桀以爲喜，而不知湯之所藉口者，正以此爲兵端也，何肆寬女寵之條，而著放伐之罪？何殛，微詞也。

舜閔在家，父何以鰥？叶矜，鰥。堯不姚告，二女何親？此題帝館甥於貳室圖。

箋　書：「有鰥在下。」姚，瞽瞍姓。二女，娥皇、女英也。以舜之孝而父不爲娶，以君之尊反釐降二女而親之者，何也？爲得聖壻也。

厥萌在初，何所意叶益。焉？璜臺十成，何所極加。焉？題紂作璜臺圖。

箋　初紂作象箸，箕子嘆之，謂必有玉杯，玉杯必盛熊蹯豹胎，如此必崇廣宫室。紂果作玉臺。厥萌未著，何所意而知之乎？世紀：「紂作瓊室，餙以美玉，七年乃成。大十里，高千丈，多發美女以充之。」

登立爲帝，孰道尚之？ 題聖女立極圖。

箋 登，女登，少典之妃，有蟜氏女。遊於華陽，感神而生炎帝。古無稱帝者，自登之子立爲帝，然後始有帝稱。是遵何道而尚之耶？

女媧有體，孰制匠之？ 題女帝異表圖。

箋 女媧，伏羲女弟。生而神靈，繼兄立極。鍊五色石以補蒼天，斷鼇足以立四極，殺黑龍以濟冀州，積蘆灰以止淫水。河圖挺佐輔云：「女媧牛首蛇身宣髮，一日七十化。」其異相神體，造物誰爲匠制之也？

舜服厥弟，終然爲害。何肆犬豖，而厥身不危敗？ 題謨蓋焚廩圖。

箋 四岳既已薦舜，而象不格奸，猶爲謨蓋焚廩之舉，欲殺兄妻嫂。此人倫大變之異，王法所不容，在堯時不即加誅者，豈礙於舜之孝，並全其友于之道耶？不然，何以厥身不危敗耶？

吴獲迄古，古公亶父。南嶽是止。孰期去斯，得兩男子？ 題勾吴開國圖。

箋　吴越春秋：「古公病，泰伯、仲雍知父欲立季歷，托名採藥於衡山，遂之荆蠻，斷髮文身，示不復用，自號勾吴。」

天問補註　「斯」指南嶽，原本楚人，故以南嶽爲「斯」也。去南嶽而開國於吴，孰期泰伯、仲雍去而吴得兩男子也。

右第六段　已上由夏及商，由澆及桀，以見禍亂之端，並古聖賢佚事。迨因圖畫錯綜不類，故隨所見而題之歟？

緣鵠飾玉，后帝是饗。何承謀夏桀，終以滅喪？ 此題湯饗上帝圖。

箋　鵠，鼎之形象鵠者。以玉飾之，取其潔也。后帝，謂上帝也。「承謀」者，謂伊尹承湯密謀而往事桀也。竹書：「帝桀十七年，商使伊尹來朝。二十年，伊尹歸於湯，遂謀伐夏。」

附註　按伊尹以割烹要湯，事見萬章；吕覽亦載尹以至味説湯之詞，然皆非此章之義。蓋緣鵠饗帝，此湯恐尹往，慮其謀之不遂，故籲天而禱也。其曰「承謀」，則見湯謀有心；曰「夏桀」，則見其目之無君也久矣。「終以滅喪」者，言湯六百年後，其子孫亦如桀之滅喪也。此皆不滿於湯之祠。此後段起頂處也。

帝乃降觀，示。下逢。合。伊摯。叶哲。何條放致罰，而黎伏一作服。大說？題放桀鳴條圖。

箋「帝乃降觀」者，桀本無道，天厭夏德，故帝亦降而饗湯之祀，並示之以條放致罰之機。下適與伊尹之謀合，不然，何以焦門之禽，而黎民大說耶？

簡狄在臺嚳何宜？玄鳥致貽女何喜？叶嬉。漢禮儀志作「嘉」。題簡狄吞卵圖。

箋　娀女吞鳦卵生契，事見商頌。吕覽：「有娀氏二女，居九成之臺。帝令燕往視，覆以玉筐，發之，燕遺卵北飛。」符瑞志：「簡狄從帝祀郊禖，浴於玄丘之水，有玄鳥遺卵墜地，吞之生契。」「何宜」、「何喜」者，言簡狄在母家臺上，嚳何以知其宜男而娶之乎？玄鳥遺卵，女何以知其爲祥喜而吞之乎？

該朱子謂是啓字。秉季德，厥父是臧。胡終弊於有扈，牧夫牛羊？題少康出牧圖。

箋 有扈，王逸註：「澆國名。」當時大戰於甘，有扈雖滅，而其怙强稔惡之衆如澆者，固未盡殄也。及太康尸位，餘孽一時同逞，所以卒遭羿、澆之禍。蓋兵端由於伐扈，以致后緡歸於有仍。爲牧正，是「終弊於有扈」也。

聽直 「厥父是臧」，美幹蠱也。

干協時舞，何以懷叶回。之？平脅一作「受平」。曼膚，何以肥之？題舞干格苗圖。

箋 此怪啓既「厥父是臧」矣，胡不法乃考之「誕敷文德」，以懷來有扈之衆耶？按世本：「扈爲啓之庶兄。」淮南子：「有扈爲義而亡。」路史註：「夏之失德始於伐扈，孔子叙甘誓，特以見夏德之衰。」「何以肥之」者，是時民不識兵革，士不勞供頓，享豐腴之樂，而無鳩鵠之形。較夫牧牛羊者之形容憔悴，豈不大有可悲者乎？

有扈牧豎，云何而逢？擊牀先出，其命何從？題汝艾擊澆圖。

箋　少康官於有仍，爲牧正，而云「有扈」者，蓋是時少康使汝艾諜澆，不敢顯言有仍，故託名有扈，潛踪而出，與汝艾擊澆也。「云何而逢」者，澆與女岐同館而宿，迨汝艾往殺，適值其出，悞斷女岐之首，無繇得澆，何以倖免耶？

恒秉季德，焉得夫朴按集韻，與「樸」同音「僕」，當是「僕」字之誤。**牛？**叶移。**何往營班祿，不但還來？**叶。題上甲復讐圖。

箋　殷侯上甲微，冥之子也。前漢書古今人表：帝嚳妃簡逷生卨，卨五世孫冥，冥之子垓。顔師古曰：「垓」音「該」。天問：「該秉季德。」按此，則上章「該」乃「啓」之訛，此章「恒」乃「該」之訛也。朴牛，僕牛也。山海經：「困民之國有人曰王亥，托於有易河伯僕牛，有易殺王亥，取僕牛。」竹書：「帝泄十二年，殷侯子亥賓於有易。有易殺而放之。十六年，殷侯微以河伯之師伐有易，殺其君綿臣。」沈約註：「殷侯子亥賓於有易而淫焉，有易之君綿臣殺而放之。故殷上甲微假師於河伯，以伐有易，滅之，遂殺綿臣。」上甲之父冥，勤民而水死。長發逸詩曰：「冥勤於官，水國載安。有易兇頑，僕牛是殘。帝命式甄，上甲桓桓，孝思孔宣。」蓋冥爲水官，河伯屬焉。故上甲微得假河伯之師，殺綿臣而復僕牛之地也。「往營」者，竹書：帝芒三十三年，上甲微自商丘遷於殷。孔甲九年，殷侯復歸於商丘。「班祿」者，言上甲微初但往營其地，後復班其祿於一國之衆也。

正誤 王逸謂湯出獵而得大牛之瑞，屈復引越絶書謂湯獻牛於荆之伯之事，皆非也。

昏微遵跡，有狄不寧。何繁鳥萃棘，負同婦。子肆情？ 題春林覓卵圖。

箋 遵，循也。跡，巨人之跡。姜嫄履帝武而生稷，簡狄吞燕卵而生契。不寧，猶左傳「弗寧唯是」也。謂簡狄與姜嫄同得瑞應而娠子，皆昏微暗昧之事。然當時傳之，後世羡之，求子者往往春日於繁鳥萃林中，覓燕遺卵而吞之，以肆其情欲焉。

正誤 王逸謂解居父聘吴，過陳墓門，見婦人負其子，欲與之淫佚，肆其情欲。婦人引詩刺之曰：「墓門有棘，有鴞萃止。」何誕妄之甚耶！

眩弟並淫，危害厥兄。何變化以作詐，而後嗣逢長？ 叶香。題慶父脅莊圖。

箋 眩弟謂慶父、叔牙，皆魯莊公母弟。左傳：「慶父通於哀姜，以脅公。」是二子眩惑其嫂，並爲淫亂。既謀弑兄，又殺其兄之二子，何變化作詐若此，而季友猶爲之立後於魯也？

附註 天問凡四引春秋列國之君：魯莊也、齊桓也、晉獻也、吳闔閭也。魯以秉禮之國爲周公後，而子孫之淫亂若此。齊爲太公後，泱泱表海之風，而桓卒以聽讒被弒。晉以唐叔之後，至獻公乃滅同姓，娶諸姬，聽驪姬之譖而殺申生。闔閭以泰伯之後，弒兄王僚而自立。皆無道之甚者，列引之，罪之也。

正誤 眩弟，王逸謂指象，則「並淫」二字，何以稱耶？

成湯東巡，有莘爰極。何乞彼小臣，而吉妃是得？叶狄。題有莘嫁女圖。

箋 有莘，國名。湯居西亳，在有莘之西，故曰「東巡」也。極，至也。小臣，謂伊尹。世紀：「湯夢人抱鼎俎，對己而笑，寤而求伊摯於有莘之野，其君留而不遣。湯乃求昏於有莘，遂嫁女於湯，以摯爲媵臣。」尹由有莘氏得，故妃曰「吉妃」。此見湯之有心求尹。

水濱之木，得彼小子。夫何惡之，媵有莘之婦？叶米。題伊尹媵女圖。

箋 呂覽：「伊尹母居伊水上，孕，夢神曰：『臼出水，東走無顧。』明日視臼出水，告其鄰，東走十里，顧其邑盡爲水，因化爲空桑。有女子採桑，得嬰兒空桑中，獻之有莘之君，命烰人養之，故曰『伊尹』。」尚書大傳：「伊尹母行汲，化爲空桑。父尋至水濱，見桑穴中有兒，取歸養之。」惡之，尹生既有異，又長有異才，何有莘反以之媵女而資湯耶？此見尹亦有心干湯。媵女，見有莘之出於不得已也。

湯出重泉，夫何辠罪。尤？叶摇。不勝心伐帝，夫誰使挑之？題負鼎説湯圖。

【眉注】案成湯即位至被執之年，已改元七載。至伐桀之年，又十一祀矣。湯之稱王不知始於何年。金履祥曰：「湯、武興師，是即受命之日。一日之間，天命未絶則爲君臣，天命既絶則爲獨夫。」「天命殛之」，湯師之興固是應天順人；然「不從誓言，予則孥戮汝」，其勝心伐帝之謀，已定於伊尹復歸於亳之日矣。

箋　太公金匱：「桀怒湯，用諛臣趙梁計，召而囚之均臺，寘之重泉。湯行賂，桀釋之。」不勝心，微詞也。使湯果無伐帝之心，則使尹挑之者誰耶？必湯陰有勝心之處，故尹之言得以乘開而入也。「挑之」者，尹負鼎干湯，湯問至味，尹對曰：「君之國小，不足以具；爲天子，然後可具。」是以味挑之也。奔夏三年，反報於亳曰：「桀迷於妹嬉，好彼琬琰。」是以謀挑之也。湯固有心問，尹亦有心挑。以臣伐君，湯與伊尹固不得辭其咎也。

右第七段　已上題殷湯一代，而夾入啓與魯事者，圖有錯出也。

會鼂爭盟，何踐吾期？蒼鳥羣飛，孰使萃之？題武周大會孟津圖。

箋　史記：「武王伐紂，甲子之朝，諸侯不期而會孟津者八百國。」蒼鳥，猶蒼鷹也。詩：「維師尚父，時維鷹揚。」羣飛，謂鷹隼，將帥之衆。曰「何踐」、曰「孰使」，見皆出於尚父之陰謀也。

列擊紂躬，叔旦不嘉。何親揆發，定一作「足」。周之命以咨嗟？題列擊紂躬圖。

箋　史記：「武王至紂所，射之三發，以黃鉞斬其頭，懸之太白之旗。」所謂「列擊」也。不嘉，周公目擊武王之所爲，皆公之所不嘉者，曷又親爲揆謀發策，定武周之命而爲天子耶？咨嗟，謂泰誓、牧誓之詞，多出於周公製作，雖咨嗟無益也。按上章「何踐」、「孰使」及此章「親揆」、「定命」，皆不滿尚父、周公之詞。

授殷天下，其位安施？叶梭。題桀讓湯位圖。

箋 周書殷祝解：「嗚條之敗，桀請致國於湯。湯留之，桀讓之，至再至三。終不肯留，乃與其屬五百人避之南巢之野。」則殷之有天下，乃桀讓而授之也。「其位安施」者，湯既受桀讓，知天命在己，故允三千諸侯之請。不然則大寶虛懸，社稷無主，其位安所施而讓之誰耶？

反成乃亡，其罪伊何？

箋 「反成」者，謂紂背湯成德，以致兵敗坶野。「其罪伊何」者，紂既赴火死，武王猶親射之三，以鉞擊斬之，懸諸太白。紂雖得罪於天，未始得罪於臣，恐數紂之罪而紂不服也。觀此，則湯、武之優劣定矣。

争遣伐器，何以行叶。之？竝驅擊翼，何以將之？題武王誓師圖。

箋　牧誓「稱爾戈，比爾干，立爾矛」，所謂「爭遣伐器」也。六韜：「翼其兩旁，疾擊其後。」何行、何將，微詞也。此承上「其罪伊何」而言。當時譽武者莫不曰應天順人，既曰天與人歸，又何稱爾戈矛，疾擊之耶？與所謂倒戈攻北者矛盾矣。

昭后成遊，南土爰底。厥利維何，逢彼白雉？題昭后巡行江漢圖。

箋　昭后，康王子，名瑕。成，遂。底，止。利，貪其心之所欲也。竹書：「昭王末年，荆人卑詞致於王曰：『願獻白雉。』乃密使漢濱之人膠船，以待王南巡狩。抵漢中流，膠液船解，與祭公、辛餘靡皆溺。」

穆王巧悔，同「挴」。夫何爲周流？環理天下，夫何索求？題瑶池宴穆圖。

箋　穆王，昭王子，名滿。悔，將指也。巧，捷足也。竹書注：「穆王北征流沙，西征崑崙，環履天下，億有九萬里。」列子：西極之國有化人，來與王神遊。化人之宫，因肆意遠遊。駕八駿之乘，右驊騮而左緑耳，右驂赤驥而左白欒，主車則造父爲御，泰丙爲右；次車之乘，右服渠黄而左踰輪，左驂盜驪而右山子柏夭。主車參伯爲御，奔戎爲右。馳驅千里，至于巨蒐之國，獻白鵠血以飲王，具牛馬湩以洗王足。已而行，遂宿於崑崙之丘、赤水之陽。別日，升崑崙丘，觀黄帝之宫，遂賓於西王母，觴於瑤池之上。西母爲王謠，王和之。迺觀日之所入，行萬里乃還。

妖夫曳衒，何號於市？周幽誰誅，焉得夫褒姒？題褒人獻姒圖。

箋 幽王，宣王子，名宫涅。國語：夏之衰也，有二龍止於庭，曰：「余褒之二君也。」夏后請其漦藏之櫝。至周厲王末發之，漦流於庭，化爲玄黿，入王後宫。童妾遭之，孕，當宣王時生女，棄之。先是，童謡曰：「檿弧箕服，實亡周國。」有夫婦鬻是器者，王執之。夜逸，聞女號，即所棄女，取之奔褒。及幽王時，褒人有獄，入之，是爲褒姒。王嬖之，廢申后及太子宜臼而立爲后，遂爲申侯犬戎所殺。曳衒，負物而衒賣也。周幽誰實誅之？非犬戎，乃褒姒誅之也。幽不責褒，則褒不納女，姒安得入宫，王亦何由而被誅乎？

天命反側，何罰何佑？叶異。齊桓九會，卒然身殺。題齊桓九合圖。

箋　國語：桓公任管仲，兵車之會三，乘車之會六。九合諸侯，一匡天下。及仲卒，用易牙、堂巫、豎刁、開方，期年而亂。饑不得食，渴不得飲，援幭裹頭而絶。諸子相攻，六十日不歛，尸蟲滿户外，與見殺無異，故曰「身殺」也。

彼王紂之躬，孰使亂惑？何惡輔弼，讒諂是服？比干何逆，而抑沉之？題比干剖心圖也。雷開阿順，而賜封之？題雷開受封圖。

箋　韓詩外傳：紂爲炮烙，比干諫，紂殺之，剖其心。天紀：「雷開進諛言，紂賜金玉而封之。」

何聖人之一德，卒其異方？梅伯受醢，題梅伯被醢圖。箕子佯狂。題箕子爲奴圖。

箋　「異方」者，言湯以一德之聖，而其子孫何以暴虐之如此也？史記：「九侯有好女，入之紂。女不喜淫，紂殺之，醢九侯。鄂侯即梅伯，争之彊，并脯鄂侯。」韓詩外傳：「比干諫死，箕子曰：『知不用而言，愚也；殺身而彰君惡，不忠也。』遂被髮佯狂爲奴。」

右第八段　已上題有周一代，而又溯及紂事者，見幽之被誅於褒姒，亦猶紂之國亡於妲己。何不遠鑒於殷，徒令後人復哀後人也？

稷維元子，元妃之子。帝何竺同「篤」。之？投之於冰上①，鳥何燠之？題后稷初生圖。

【校勘記】

① 上，據端平本楚辭集註補。

箋　稷母有邰氏姜嫄，爲帝嚳元妃。出野見巨人迹，踐之而生稷。詩：「誕寘之隘巷，牛羊腓字之。誕寘之寒冰，鳥覆翼之。」以爲神，遂收養之。此以見稷之生非偶然，周之所以興，實有天命在焉。

何馮弓挾矢，殊能將之？既驚帝切激，何逢長之？題季歷征戎圖。

箋　「殊能將之」者，史稱王季在帝乙時伐西落鬼戎，太丁時伐燕京之戎，後又伐余吾、始呼、翳徒之戎，皆克之。竹史：「季歷事殷，凡七用師而六大勝。太丁嘉歷之功，錫之圭瓚、巨鬯、彤弓、旅矢，九命爲伯。既而執諸塞庫，困而死。」「驚帝激切」者，豈因震主之威而不能自戢歟？「何逢長之」者，詩：「帝作邦作對，自大王、王季」，「帝度其心，貊其德音。其德克明，克明克類，克長克君。王此大邦，克順克比。比於文王，其德靡悔。既受帝祉，施於孫子。」是天之逢長之者至矣。

正誤　馮弓挾矢，王逸訛作稷事，帝訛作紂。蔣驥訛作嚳。屈復又謂「馮弓挾矢」爲指文王。皆誤也。

伯昌號衰，秉鞭作牧。題文王作牧圖。

箋　文既嗣歷，值殷之衰，乃呼號於天，躬率殷之叛國以事紂也。

何令徹彼岐社，命有殷國？

箋　時文王天下有二，然是商之一諸侯耳。何以卒徹岐周之社，通而爲天下之大社耶？按竹書：「帝辛三十二年，有赤烏集於周社。」墨子：「赤烏銜珪，降周岐社曰：『天命周昌，代殷有國。』」蓋天命有周，早已赤烏集社，爲興王之兆矣。

遷藏就岐何能依？殷有惑婦何所譏？受賜兹醢，西伯上告。叶姤。何親就上帝罰，殷之命以不救①？題紂賜醢子圖。

【校勘記】

① 之，據端平本楚辭集註補。

箋　太王遷藏就岐，豈一岐之地，遂能望其子孫依而滅殷耶？紂之失國，豈因受一婦人之惑，遂致喪天下耶？總緣紂用葅醢之虐，有以自取之也。即如紂既葅醢其子矣，又賜其父，且猶曰：「孰謂西伯聖者乎？食其子而不知。」臣罪當誅，天王聖明，文王豈敢怨而上告於天？然上帝之怒已明明鑒察，迨坶野之師，武恭行天誅，紂實親受上帝罰。是以紂雖有衆七十萬，何能救殷之命乎？

師望在肆昌何識？叶志。鼓刀揚聲后何喜？叶係。題文王出獵圖。

箋　史記：「西伯將出獵，卜之，曰：『所獲非龍非彲，非虎非羆，霸王之輔。』果遇太公於渭陽。」鼓刀揚聲，見太公有心干文。何喜，見文王有心物色此膺揚之佐。觀「太公望子久矣」一語，則詩稱太王「實始翦商」，雖無翦商之迹，然其迫欲望周之興，自太王時已然矣。

武發殺殷何所悒？載尸集戰何所急？題武王載尸集戰圖。

箋　何悒、何急，微詞也，見武之已甚。紂既自焚，猶鉞斬旗懸，何所恨而至此極耶？武王東觀兵，載文木主而行，何所迫而至此急耶？總緣殷有惑婦，故藉口以爲解天下倒懸之厄也。此亦不滿於武周之詞。

伯林雉經，維其何故？何感天抑墜，夫誰畏懼？題驪姬譖申圖。

箋　國語：「晉申生雉經於新城之廟。」申生之寃，真能感天動地，而讒之者竟不畏幽有鬼神乎？此獨有感申生之死者，被譖於驪姬也，以見艷妻之禍無窮，深痛鄭袖之禍楚也。

皇天集命，惟何戒之？受禮天下，又使至代之？題伊訓太甲圖。

箋 天既集大命於殷矣，嗣王不惠於阿衡，尹復作太甲三篇以戒之，俾其子若孫受禮天下至六百祀之久。是天之成之者至矣，而其後天卒使周代之，何耶？正以見天命之靡常也。

初湯臣摯，後茲承輔。何卒官湯，尊食宗緒？題伊尹配享太廟圖。

箋 尹初爲媵湯之一小臣耳，後乃説湯伐桀，卒能輔湯官天下而爲君也。祭法：「殷人禘嚳而郊冥，祖契而宗湯。」尊食，謂以祖宗配食於昊天上帝，而尹亦得以配享於湯之太廟也。按上文「又使」及此章「何卒」等字，皆不滿湯與伊尹之詞。

附註 屈子於天問篇獨執此董狐之筆者，時天下諸侯畔，周無王，故特伸此大義，專爲諷楚之謀周而發也。按綱目周赧王三十四年書：「楚謀入寇，王使東周武公謂楚令尹昭子曰：『西周之地不過百里，而名爲天下共主。裂其地不足以肥國，得其衆不足以勁兵，而攻之者名爲弑君。然而猶有欲攻之者，見祭器在焉。今子欲殘天下共主，居三代傳器，器南而兵至矣。』於是楚計不行。」蓋蠶食諸姬，楚之故智。左徒久知其謀，不敢明言，特假題圖而諷之也。

勳闔夢生，少離罹。散亡。何壯武厲，能流匹也。厥嚴？同「莊」。題闔閭覇吳圖。

箋　吳王闔閭祖壽夢，壽夢卒，諸樊立，傳弟餘祭、夷昧及子僚，故闔閭不得立。因伍子胥進專諸，遂弒僚而自王，使子胥爲將，復讐破楚，故曰「勳闔」。嚴，古「莊」字，避漢明帝諱改「嚴」，謂楚莊王也。楚自武王伐隨以來，殘食諸姬。至莊而覇，伐陸渾之戎，觀兵問鼎，大有窺伺周室之心。「能流厥嚴」者，謂闔閭之創覇稱雄，幾與楚莊匹敵，所以能復讐而破楚也。

右第九段　已上溯及周初，見周之所以有天下。然武之放伐，湯實啓之，故復及湯，以諷楚不當謀周，亟宜報秦。何勳闔能復楚讐，而楚竟不能復秦讐也？

彭鏗顓頊裔孫，堯時封於大彭，歷虞夏至商，年七百餘歲。斟酌。雉彝器。周禮：「春祀夏禴，祼用雞彝、鳥彝。」帝上帝。何饗？壽命永多夫何長？言享國之永。題彭鏗斟雉圖。中央共牧后何怒？蠭蛾同「蟻」。微命力何固？列子：「四海之齊，謂中央之國。」埤雅：「蠭居如臺，蟻居如樓。」此章以下至末，均爲懷王兵敗而發。此末段結穴處。

箋 此更追溯彭鏗者，冀懷之法祖而敬天也。楚與當時列國之君，其牧其民，天何怒楚，獨令其敗亡相續者？蓋嗔其不能敬天而勤民也。物命之微，莫如蜂蟻。然蜂尚有兼弱之智，蟻尚有攻寡之計，痛懷之愚，曾蜂蟻之不若，徒恃蠻觸而鬪也。史稱：「懷王十七年，怒張儀之詐，興師伐秦。戰於丹陽，秦大敗我師，斬甲士八萬，虜大將屈匄，遂取漢中郡。楚悉發國中兵，復襲秦，大敗於藍田。韓、魏聞楚困，襲楚至鄧。楚懼，引兵歸。於是楚割兩城與秦平。」此雖天怒，亦由楚以自取之也。

正誤 王逸謂鏗善斟雉羹事堯，堯饗之，錫之以壽八百歲，猶自悔不壽。又謂中央之州有岐首蛇，爭共食牧草之實，自相啄嚙。皆妄説也。

驚女采薇鹿何祐？叶。北至回水萃何喜？題驚女采薇圖。王逸注：「昔有女子采薇，有所驚而走，北至回水之上，止而得鹿，家遂昌熾。」

兄有噬犬弟何欲？易之以百兩卒無禄。題子鍼易犬圖。王逸注：兄謂秦景公，弟公子鍼也。秦伯有嚙犬，鍼欲以百兩之車易之，秦伯不聽，遂逐鍼而奪其禄。

箋　此以驚女諷楚懷兵敗之後，尤當修省如驚女之恐懼，自然獲鹿，猶可以爲善國也。兄喻秦，犬比張儀。史稱：「儀以商於六百里地誑楚絶齊，卒被其欺。及兵敗於秦，秦割漢中之半與楚和。楚王曰：『不願得地，願得張儀而甘心焉。』儀聞，請往如楚。又因厚幣用事臣靳尚，設詭辭於王之寵姬鄭袖，釋去儀。是時屈平既疏，使於齊顧反，諫曰：『何不殺張儀？』懷王悔，追儀不及。其後諸侯共擊楚，大破之，殺其將唐昧。」此痛楚懷信愚，貪得秦地而卒不得，反受其噬。所謂「兄有噬犬弟何欲，易之百兩卒無祿」也。

薄暮雷電歸何憂？　厥嚴謂莊。　不奉帝何求？　不法祖而求帝，無益也。

箋　易：「震驚百里，不喪匕鬯。」本義：「能恐懼則致福。」又「雷電噬嗑，先王以明罰敕法。」薄暮，晚也。此諷懷王當此敗亡之際，果能回心歸於恐懼修省，敬天勤民，而又能明罰敕法，奮楚莊餘烈，報讐洩耻，又何遲暮之感耶？

正誤　薄暮雷電，舊註有謂喻己年老者；有謂呵壁問天，時日已暮者；有謂大風雷，感周公之還而悼己之不得歸者。皆誤也。

伏匿穴處爰何云？　叶揚。　題熊繹穴處草莽圖。

箋　追溯楚之開國賢君，見楚之可爲也。左傳楚先王熊繹「辟在荆山，篳路藍縷，以處草莽」，所謂「伏匿穴處」也。按繹事周成王，爲楚始封之君。「爰何云」者，言其以子男微秩僻處蠻封，尚能開國創業而垂統也。

荆勳佝師夫何長？　題荆勳作師圖。

箋　楚自熊通開濮地而有之，始自立爲武王。周莊五十一年，武王荆尸，授師孑焉，始用戟爲陳，所謂「荆勳作師」也。已上蓋深勉楚懷不可因兵困於秦，遂至委靡，不鑒我先王以自振也。

正誤　王逸引楚邊邑處女與吴邊邑處女争采桑事以實之，誤也。蓋争桑乃王僚傳中語，與荆勳無涉。

悟過改更，我又何言？　叶。　題昭王悔過圖。

箋　左傳：「吴入楚，昭王奔隨，藍尹亹不與王舟。及楚寧，王欲殺之。子西曰：『子常惟思舊怨以敗，君何效焉？』王使復其所。」子西遷都於鄀，而改紀其政，所謂「悟過改更」也。

吴光闔閭。争國，久余是勝。題吴師在陳圖。

箋 左傳：「吴師在陳，楚大夫皆懼，曰：『闔閭惟能用其民，以敗我於柏舉。今聞其嗣又甚焉，將若之何？』」所謂「吴光争國，久余是勝」也。於「悔過改更」後，忽言「吴光争國，久余是勝」者，吴至楚惠王時不久即爲越滅，此蓋諷懷不可恃力而鬭，當以吴爲戒也。

何環穿自閭社句。丘陵，句。爰出子文？「環穿」七字，一作「環閭穿社以及丘陵是淫是蕩」。題虎乳子文圖。

箋 若敖娶于䢵，生鬭伯比。若敖卒，從其母畜于䢵，淫于䢵子之女，生子文。棄之夢中，虎乳之。䢵子田見之，而收養焉。楚人謂乳爲「穀」，虎爲「於菟」，故名鬭穀於菟。「環穿」者，謂䢵女旋穿閭社，通于伯比生子，以至棄於丘陵而虎乳之也。引此以見惟楚多材，勿慮國無忠貞如子文其人者。

吾告堵敖以不長。題告堵敖圖。

箋　堵敖，熊囏也。楚文王滅息，以息嬀歸，生囏及惲。囏立三年，其弟惲弑之而自立。楚人君死不得謚不成其爲君，謂之「敖」。「告堵敖以不長」者，此迨聞懷王有入武關之信，深慮其死於秦而不得謚。不長，不久也，言眼見即有「堵敖」之稱焉，是以亟欲告之，俾其毋往也。不意不聽其言，卒如所料。

正誤　王逸謂堵敖爲楚之賢人，誤也。

何試「謚」字之訛。上自予，題子囊謚共圖。

箋　左傳：「共王疾，告大夫曰：『不穀少主社稷，生十年而喪先君，未及習師保之教訓，是以不德而亡師於鄢，以辱社稷，爲大夫憂。若以大夫之靈，獲保首領以歿，從先君於禰廟者，請爲「靈」若「厲」，大夫擇焉。』莫對。五命乃許。秋，共王卒，子囊謀謚。大夫曰：『君有命矣。』子囊曰：『君命以「共」，若之何毁之？赫赫楚國而君臨之，撫有蠻夷，奄征南海，以屬諸夏，而知其過，可不謂「共」乎？』大夫從之。」自予，謂子囊。此所謂「謚上自予」也。

正誤　舊註有謂鬻拳以兵諫，嘗試君上者；有謂昭王奔隨，子西爲王服者；有謂原自傷以空言嘗試君上，自彰忠直名者。總緣不識「謚」字之訛，遂以訛傳訛，生出許多穿鑿附會來。

忠名彌彰？

箋　左傳：「子囊還自伐吴，卒。將死，遺言謂子庚曰：『必城郢。』君子謂：『子囊忠。君薨不忘增其名，將死不忘衛社稷，可不謂忠乎？』詩曰：『行歸於周，萬民所望。』忠也。」故曰「忠名彌彰」。

右第十段　已上自「彭鏗斟雉」以下，皆極望懷王兵敗之後，恐懼修省，效共王不忘亡師於鄢之辱，悔過自陳，設遇不測，庶臣下得以抒其忠而謚上也。乃不料一入武關，遂没身異地，使在廷諸臣雖欲謚之爲「靈」若「厲」，而已不可得；況何能尚望其如子囊之以忠名彰耶？已上皆大夫痛哭直陳之詞，無如君終不悟，徒使忠臣孝子抱恨於九原而已矣。前後分四大段、十小段，統計一千五百四十五言。前以突起，後以禿住，而中間灝灝瀚瀚，如波濤夜湧，忽起忽落；又如雲龍變化，倏隱倏現。後儒徒驚怖其言，莫能尋其肯綮之所在，以致囫圇吞棗，誤讀者多矣。

黄維章曰　通篇一百七十二問。以「何」字、「胡」字、「焉」字、「幾」字、「誰」字、「孰」字、「安」字爲字法之變。以一句兩問、一句一問、三句一問、四句一問爲句法之變。以或於所已問者複問焉，或於正論、本論中忽然錯綜他語而雜問焉，或於已問之順序者複而逆問焉，以此爲段法之變。

陳深曰　特創爲百餘問，皆容成、葛天之語，入神出天。此爲開物之聖，後有作者，皆臣妾也。

金蟠曰 每一問發人多少想路。句則神鏤鬼劃，味則海錯山珍，奇則星飛電掣，幽則塚函枕笈，藻則寶彝丹鼎，體則鼇負鯨掀。開天地間無數文人膽識。

屈復曰 事之有無、理之是非、物之變怪，三閭豈真昧昧哉？讒佞高張，忠賢葅醢，天地陰陽何故如斯？千秋萬載之人，所欲同聲一問者也。問帝王之興廢，讀者已心印懷、襄；問后妃之貞邪，讀者已印鄭袖；問人臣之賢奸，讀者已印黨人。是天問之言，祇在天地山川、商周唐虞，而人自得於瀟湘江漢間也。至末段言不盡意，意不盡詞，又爽然自失矣。

屈辭精義卷之三

江都陳本禮箋訂

招魂

發明 史稱楚懷入關，客死於秦。頃襄當卧薪嘗胆之秋，忘不共戴天之仇，猶日事高唐之遊，雲夢是獵。此屈子憂懼，所以魂離而魄散也。太史公讀招魂「悲其志」，雖未明言其所悲之故，然細繹巫陽四方上下之語，其言虎豹之惡厲、狐怪之毒狠，蓋皆譏刺當時楚國世道人心之如狼如虎、如鬼如蜮，不可與之一朝居也。「修門」以下，盛言堂室、女色、歌舞、飲食諸樂，乃述頃襄内廷荒淫秘戲之事，國人莫知，惟原實深知之，故總借巫陽以發之。若屈子果魂離魄散，豈人間聲色富貴所能動其心而招之耶？孟子：「堂高數仞，榱題數尺，食前方丈，侍妾數百人，我得志弗爲也。」又曰：「富貴不能淫，貧賤不能移，威武不能屈，此之謂大丈夫。」若巫陽所云「長人千仞，惟魂是索」、「一夫九首」、「懸人」、「投淵」，豈非所謂「威武」耶？「高堂邃宇」、「層臺累榭」，豈非「堂高數仞」耶？美人二八、鄭舞齊容，豈非「侍妾數百」耶？食則吳羹，飲則瑶漿，衣則綺縞，被則珠翠，豈非「富貴」之極耶？　用此以招屈子之魂，所謂南轅而北轍矣。　知此義者，可與讀屈子招魂。

何評　前半極其險怪，後半極其綺靡，真亦絶世奇文也。　後人縱極鋪張，無此種藻麗矣。　要不免掇拾其菁華耳。不過逐段鋪排耳，而詞句之工、文彩之富、姿態之妍，已備於此矣。

朕幼清以廉潔兮，首句稱「朕」，與騷經同，自是屈子所賦，移置他人不得。　身服義而未沬。　主此盛德事君不貳。　兮，牽於俗而蕪穢。　自己認過。　上無所考此盛德兮，長離殃而愁苦。

箋　己之魂魄離散，不歸罪於君，却恨自己離殃愁苦。　然「上無所考此盛德」，已明刺頃襄之失德矣。　以下描寫頃襄奢淫諸事，都借巫陽口中傳出，正使言之者無罪，聞之者足以戒。　此屈子賦招本懷，無如人都誤會此意，且竄入宋玉集中，爲弟子招師之作。　豈宋玉素知其師好色，故死後欲借美人之色，投其所好以招之耶？　此可以足破千古之疑矣。

帝上帝。告巫陽巫之名。男巫爲「陽」。曰：「有人謂原。在下，我欲輔之。魂魄離散，汝筮予筮其魂之所在，使返於身。之。」巫陽對曰：「掌瘮，周禮：「太卜掌三夢之法。」上帝其命難從。若必筮予之，恐後之謝，不能復用巫陽焉。」

箋 以上招魂賦序。死而招魂，掌夢者之事。今其人未死而生招焉，當乘其所往未遠。若必待筮而招之，恐身先萎化，後雖遜謝，已無及矣。此所以其命難從也。

乃下招曰：既致詞於帝，遂不筮而下招也。魂兮歸來，去君之恒幹，體。何爲乎四方些？音「娑」。舍君之樂處，而離彼不祥些。總冒四語。

箋 按「些」，集韻音「娑」，挽歌聲，乃嘆辭也。不當音蘇箇切。沈存中筆談謂夔峽湖湘人，凡禁咒語末云「娑娑訶」，亦三合而爲「些」，則音「梭」，去聲。誤也。

魂兮歸來，東方不可以託些。長人千仞，八尺曰「仞」。惟魂是索些。十日代出，流金爍石些。彼皆習之，魂往必釋解散也。些。歸來歸來，不可以託些。

箋　大荒經有神名赤郭，好食鬼。神異經：東方有食鬼之父。即長人之類。又大荒東經：湯谷有扶木，十日所浴。一日至，一日出，如相代也。其日光所照，能銷金爍石。先四方招者，因屈子平昔愛往觀四荒，此恐其魂戀舊遊，踪無定所，不得不從四方始也。

魂兮歸來，南方不可以止些。雕題山海經：雕題在鬱水南，人以丹青涅其額。黑齒，南土志：黑齒在永昌關南，以漆漆其齒。得人肉以祀，南方俗多魘魅，常有殺人祭鬼者。以其骨爲醢叶喜。些。蝮蛇錦文反鼻，其毒殺人。八紘譯史①：近交趾有蛇國。蓁蓁，封狐千里些。老狐能易形魅人，頃刻可行千里。雄虺九首，往來儵忽，吞人以益其心些。歸來歸來，不可以久淫淹。些。

【校勘記】

① 八紘譯史，原誤作「八紘繹史」。下處同。

魂兮歸來，西方之害，流沙千里些。西域度爾格有沙海二千餘里，沙乘大風如浪，行旅遇之常爲所壓。旋入雷淵，即雷翥海，飛沙捲人。靡碎。散而不可止些。𡚁幸。而得脱，其外曠宇無人之土。些。赤螘同「蟻」，蚍蜉。八紘譯史：蟻國在極西，其色赤，大如象，其聚千里。若象，鄺露赤雅：赤蟻若象，渾身帶大刃，負萬鈞，雜食虎豹蛇虺，遺卵如斗，人取爲醬，是名蚳醢。玄蠭土蠭。五侯鯖：「大蜂出崑崙，長一丈，其毒殺象。」蓋即此類。若壺叶虎瓠。些。五穀不生，藂菅茅屬，長丈餘。是食些。其土爛人，蝕人肌膚。求水無所得。靈夏之間有旱海。些。彷徉無所倚，廣大無所極些。歸來歸來，恐自遺賊些。

魂兮歸來，北方不可以止些。增冰峨峨，譯史記餘：北有冰海，凝冰如山。又持彌國有大凝山，千年不釋。飛雪千里些。歸來歸來，不可以久叶已。些。

魂兮歸來，君無上天些。虎豹九關，天門九重，皆有虎豹守之。啄害下人叶焉。些。一夫九首，拔木九千些。力能拔九千之木而不倦。豺狼從豎也。目，言此九首之夫，從目直視，如豺狼也。往來侁侁疾。些。懸人以娭，嬉。投之深淵些。致命於帝，然後瞑叶眠。言其神異，令人求死不得，必請命於帝，然後乃得瞑目而死也。些。歸來歸來，往恐危身叶軒。些。山海經：崑崙，帝之下都。面有九門，門有開明獸守之。虎身人面，九首。

魂兮歸來，君無下此幽都叶礭。冥界，后土所治。些。土伯九約，土伯，后土之伯。約，尾也。其角觺觺角鋭貌。些。敦脄音「梅」，背也。血拇，足大指。以利爪攫人食，常多血也。逐人駓駓走貌。些。參目虎首，其身若牛叶宜。些。此皆甘人，歸來歸來，恐自遺災叶兹。些。此亦因前有「上征」、「求索」等語，今四方之招既徧，不得不從事於九關矣。虎豹、土伯，較前「倚閶闔而望」者，更兇惡可畏。

箋 已上皆形容黨人之詞。如入夜叉鬼國，如繪地獄變相，不必身當其境，令人望而膽落矣。

何評 日知録曰：「或云地獄之説，本於招魂。長人土伯，則夜叉羅刹之倫也；爛土雷淵，則刀山劍樹之地也。雖文人寓言，而意已近之。於是魏晉以下，遂演其説而附之釋氏之書。」

魂兮歸來，入修門叶綿。郢城門。些。工祝具備之工，男巫曰「祝」。招君，背行却行向魂先，爲引導也。先些。秦篝篝，魂車也。齊縷，綫也。鄭綿絡叶路。挽車之綏。些。招具該備，永嘯呼叶互。些。古人死，以其服升屋招之，號曰：「臯，某復！」魂兮歸來，反故居叶具。喻己軀體。些。

箋 已上叙招魂之具，以備工祝升屋而號呼之也。

天地四方，多賊姦些。像生前形容，寫之絹素，或範金，或削木，或摶土，或剪紙爲之。設君室，靜閒安些。

箋 「賊奸」二字，明斥黨人，「像」暗指已上諸怪異。「像設」者，言其近在君室，不必遠而鑑諸天地四方也。「靜閒安」三字微詞，言此輩日侍君側，惟慆淫是縱，奢侈是崇，聲色狗馬，引君於邪，刻無寧晷。使君欲靜閒而不可得，尚望其安心而治理耶？ 四語總挈，爲上下關鍵眉目，於黨人則直斥之，於君則微詞以諷之。以下即接叙頃襄内廷奢淫諸事，皆借巫陽口出之。故使人讀之，不覺其爲諷刺也。

高堂邃宇，檻層軒些。層臺累榭，臨高山些。網户朱綴，刻方連些。刻户爲方目，以丹塗之也。冬有突廈，複室。夏室寒些。川谷徑復，流潺湲些。堂外之池。光風轉蕙，氾崇蘭些。堂下之砌。經堂入奥，朱塵承塵。筵竹席。些。宫中秘事不敢明言，都借招魂吐露。詞雖隱約，意實顯然。此頃襄所以復有南夷之放，及五月五日逼逐投淵之令矣。

箋 已上堂室之美。

砥室砥玉之室。翠翹，挂曲瓊叶强。簾鉤。些。翡翠珠被，爛齊光些，蒻阿拂壁，蒻，嫩蒲。阿，細繒。爲帚以拂壁也。羅幬襌帳。張些。纂組綺縞，結琦璜些。琦，玉佩。璜，半璧。①「結」者，以纂組之綬，結琦璜之玉，爲幬帳之飾也。

【校勘記】

① 璧，原誤作「壁」。

箋 史記范雎傳：「周有砥砨，宋有結緑，梁有縣藜，楚有和璞。」皆玉之美者。砥室，王逸註：「内卧之室，或曰僮室，曲房也。」以砥砨之玉爲之。「翹」者，室之簷牙高啄，碧如翠羽，猶詩所謂「如翬斯飛」者。已上言砥室鋪設衾幬之美也。

室中之觀，多珍怪珠玉爲珍，詭異爲怪。些。蘭膏明燭，華容美人。備叶拜。些。二八二列也。侍宿，射遞代些。意有厭射，即使遞更。九侯淑女，九侯之女，言其美也。多迅衆叶衷。些。言給侍便捷而衆多也。盛鬋音「剪」，鬢也。不同制，鬢各異樣也。實滿宮些。容態好比，順彌代叶地。些。挨次而代。弱顔固植，立不欹側也。謇其有意些。謇，啓口若難，聆聲有味也。姱容修態，絙同「亙」，竟也。洞房些。蛾眉曼睩，流眄貌。目騰光些。目光精彩。靡顔靡若酡顔。膩理，肌膚細滑。遺視緜些。緜，眇視，即「臨去秋波那一轉」也。離榭離宮別館之榭。修幕，侍君之閒些。已上寫當夕美人。言非徒深居洞房，凡有遊覽，無不隨侍也。

箋 已上言妃嬪之美，不但傾城，固當傾國。讀神女賦「目畧微眄，精彩相授」，大不及「蛾眉曼睩」數語妖媚動人。

翡帷翠帳，飾高堂些。紅壁沙版，玄玉之梁些。仰觀刻桷，畫龍蛇叶宜。些。坐堂伏檻，臨曲池些。芙蓉始發，雜芰荷些。紫莖屏風，水葵。文緣波些。文異豹飾，外廷侍從之士，衣以豹皮爲飾。侍陂陁些。軒藩車。輬卧車。既低，低而待駕也。步騎羅些。徒行曰「步」，乘馬曰「騎」。羅列待發，見侍衛之衆也。蘭薄户樹，樹，種也。薄，近也。瓊木籬些。玉樹爲「籬」。魂兮歸來，何遠爲些。

箋 已上言別館之美，遊覽侍從之樂，而以「芙蓉」、「芰荷」點染者，與前「光風轉蕙」二語相映帶。蓋隱以自痛，所謂「製芰荷以爲衣，集芙蓉以爲裳」者，亦徒結臨池之想，萬不能當君王之一眄矣。故於段末獨入「魂兮歸來」二語，正爲芰荷寫照。

室家遂宗，食多方些。此言楚宮精庖饌，其宗族效之，皆善於烹調之法也。稻粢穱。穱麥，挐揉。黄粱黍。些。大苦鹹酸，辛甘行叶。些。行，用也。言五味兼備。肥牛之腱，臑爛也。若芳些。和酸若苦，陳吴羹叶岡。些。吴人善作羹。胹煑也。鼈炮羔，羔，羊子。炮，合毛裹而燒之。有柘蔗。漿些。鵠酸臇鳧，以醋烹爲羹。臇，臛之少汁者。有菜曰「羹」，無菜曰「臛」。煎鴻鶬倉庚。些。露雞露棲之雞。臛蠵，大龜之屬。厲而不爽叶霜。些。厲，清烈也。楚人名羹敗曰「爽」。粔籹環餅。蜜餌，以蜜和粉爲糕。有餦餭餳。些。瑶漿白酒。蠶同「幕」。勺，實羽觴些。酌酒而實爵也。挫糟凍飲，挫，榨也。謂去其糟而冷飲也。酎醇。清涼些。華酌既陳，有瓊漿酒之赤色如瓊者。些。歸反故室，敬而無妨些。言能博取珍羞，廣儲佳釀，投其所好，自然不遭讒忌，都無妨礙也。

箋 已上極言其飲食之美。

肴羞未通，徹也。漢人避武帝諱，改「通」。女樂羅些。敶鐘按鼓，造新歌些。涉江、采菱，發揚荷讀「阿」。涉江、采菱、揚阿，皆楚歌名。些。美人既醉，朱顔酡些。娭光眇視，寧不令人肉飛色舞？目曾波些。被文服纖，麗而不奇奇衺怪服也。些。長髮曼鬋，豔陸離些。二八齊容，起鄭舞些。此起舞美人。「二八」見芳容齊妙。衽若交竿，撫按下叶。些。舞衣迴轉，若竿之相交，以手撫按衣襟，而上下其勢也。竽瑟狂會，搷音「填」。急擊也。鳴鼓些。宮庭震驚，發激楚些。激楚，清淒之曲。吳歈蔡謳，吳、蔡，國名。歈、謳，歌也。奏大呂些。大呂，六呂之一，正音也。參以吳蔡別調，而歸于大呂，今樂、古樂，雜沓並陳也。

箋　已上極言其歌舞音樂之盛。宮庭震驚，則如雷如霆矣，大非內庭所宜。

蔣註　「美人既醉」四語，寫醉後美人，爲舞時引興；「被文」四語，寫衣麗髮豔，爲舞時襯色。與前言女色，絶非重複。「麗而不奇」，言五色絢麗也。

士女雜坐，亂而不分些。歌舞既畢，恐不盡歡，故復令歌舞之女與羣臣雜坐，不分次序，爲簙骰之戲，以爲樂也。

【眉注】

燕飲至同士女雜坐，成何朝局？且更與之六簙呼盧，是君不成君，荒淫極矣。屈子目不忍視，耳不忍聞，特假巫陽畧述一二，亦見其具有苦心，一字一淚。

放敶組纓，除去冠帶。班其相紛些。班次坐而不整。鄭衛妖玩，來雜陳些。激楚之結，獨秀先叶新。些。歌激楚之女，其結束更秀媚而出衆也。箟蔽竹簺。象棊，象牙棊。有六簙些。局戲，六箸十二棊，投六箸，行六棊，故爲六簙。分曹偶。並進，遒相迫些。遒，聚也。相迫，互争勝也。成梟而牟，博之得采曰「梟」，倍勝爲「牟」。呼五白些。棊子六白六黑，梟乃賤采，欲勝梟必呼五白，白乃貴采也。晉制犀比，此以犀角爲物，投而比較之以定其勝負，如今骰子類，非簙棊也。比戲興於晉，故曰晉制。費白日些。鏗鍾摇簴，揳戛。梓瑟些。堂中六簙未散，而堂下又擊鍾戛瑟，以催登堂縱飲也。娭酒不廢，沈日夜叶務。些。蘭膏明燭，華鐙錯叶。些。剪衆華以爲鐙。結撰至思，命羣臣作賦和詩。蘭芳假叶固。些。神女賦：「沐蘭澤，含若芳。」假，藉也。人有所極，思各有巧。同心賦些。不歌而誦謂之賦。

【眉注】同心作賦固爲雅事，然淫詞豔曲，祇可供士女一時之戲謔耳。

酎飲盡歡，樂先故些。如高唐、神女等賦，皆先王舊事。魂兮歸來，反故居叶据。些。結出「反故居」三字，見魂已歸來，毋庸再招矣。然究是大夢初覺，愁苦依然，以起下文感慨作收。

箋 已上極寫與羣臣狎戲沉湎之樂，皆宫中秘事，外廷罕得知者。大夫悉爲傳出，以冀君之一悟。所謂「武皇内傳分明在，莫道人間總不知」也。

亂曰：獻歲發春兮，汨吾南征。菉蘋齊葉兮，白芷生。仲春時。路貫廬江兮，由廬江至雲夢，貫其中而行也。左長薄。大阺，稽水之地。倚沼畦瀛兮，沼、瀛，皆浦中地。遥望博。青驪結駟兮，齊千乘。叶平。結，連也。齊，同也。從騎之多，車徒之盛，皆於「遥望」中顯出。懸火野火延岩，望之若懸。延起兮，玄顔烝。火氣烝天，玄容變赤也。步及驟處兮，誘騁先。從獵步卒，能先於奔馬。抑騖若通兮，引車右還。右轉以射獸之左。與王趨夢雲夢。兮，課後先。君王親發兮，憚青兕。叶延。寫得極熱鬧、極高興，却極悲涼，轉恨便見。

箋 已上又補叙頃襄復遊高唐，獵於雲夢一事。蓋頃襄繼立，不亟思報仇洩耻，乃先事畋獵，使宋玉賦高唐、賦神女，可見全無心肝之人。君既荒淫如此，其臣下又賊姦如彼，使屈子目擊，能不西風刀剪美人心耶？故借招魂，不惜直情吐露，以冀頃襄讀之而改其行也。

蔣註 此節追序歲首南行，適遇楚王田於江南，而所見如此。莊辛所謂「馳騁雲夢之中，而不以國家爲事」，于此亦可見矣。

朱明承夜兮，時不可淹。皋蘭被徑兮，斯路漸。没。湛湛江水兮上有楓，叶孚金反。目極千里兮傷春心。斯路漸，則臺館既空，歌舞久歇，舊獵之地已鞠爲茂草矣。惟見湛湛之江水與江上之青楓而已耳。傷何如之？魂兮歸來哀江南。叶尼金反。結出感慨，正意作收。

箋 「哀」者，哀江南國土將盡爲秦有。復言「魂兮歸來」者，蓋設言此時魂即歸來，目極此千里之地，皆楚先王舊封，眼見拱手送之他人。「傷春心」三字，淚盡而繼之以血矣。前皆短句，忽變長調。大有揚阿激楚之音，凄清動人。

蔣註 朱明，夏之日也。斯路，指春時遥望之地。言自春徂夏，再經前路，已爲茂草所漸没矣。蓋初春由陵陽至溆浦，今由溆浦出龍陽，至長沙自沉，正懷沙孟夏徂南之時。復從夢澤經過，故感懷而發此嘆也。

大招

發明 史稱懷王三十年，爲秦所留。頃襄二年，懷王逃歸，被秦遮楚道。間道走趙，不納。走魏，而秦兵追至，遂同使者入秦。發病，三年，懷王卒於秦，秦歸其喪。此靈車未臨，而屈子賦以招之也。其間鼎俎之豐、食饌之精、音樂之盛，皆設而望祭之品，冀靈之來而享之也。至若「朱唇皓齒」，盛稱美人之艷，又皆指所設之芻靈言。各有寓意，舊註誤謂原以女色招王。按懷王生前內惑於鄭袖，外欺於張儀，兵挫地削，卒死於秦，爲天下笑。此懷王九泉之下所不瞑目者，今三閭慟哭招魂，冀其復生，豈忍以此種喪身尤物，極口贊美？非但自已病狂喪心，抑且落於譏訕，況原既不能諫之於生前，而欲娛之於死後，亦可謂愚矣。在他人尚不可，何況屈子乎？此誠二千年未白之旨，特爲揭出，庶昭昭大節，與日月爭光，不致沉埋於此日也。

青春受謝，受冬之謝，變而爲春。白日昭只。春風奮發，萬物遽叶喬。蟄蟲昭蘇，草木萌動。只。冥凌浹行，冥途空濶，可御風而行也。魂無逃只。魂魄歸徠，無遠遥只。

【眉注】

開首四語，暗寓頃襄繼立。冀其如白日昭明，奮發有爲，如春風之鼓蕩也。却借懷王説，故言之無迹。

蔣註 禮：「復與書銘，自天子達於士。」則臣之於君，固有招魂之禮矣。故紀其歸葬之時而招之，言魂在冥中，莫有追躡之者，可以馳騾周浹而行也。

魂乎歸徠，無東無西，無南無北叶平，與漢詩魚戲韻同。只。總提四語，少變招魂之體。是時楚東則齊，西則秦，北則韓魏，東南則吴，皆與楚不睦，故勸其毋往。以下皆形容其人心之險詐也。

東有大海，溺水浟浟水性善沉，往則必被其溺。只。螭龍並流，上下悠悠只。霧雨淫淫，白皓膠水與天連。只。魂乎無東，湯谷寂寥人跡不到。只。此喻强齊。

魂乎無南，南有炎火千里，元中記：「炎山在扶南國東。」蝮蛇蜒只。山林險隘，虎豹蜿叶烟。只。鰅鱅狀如犂牛。只。短狐，蜮也，似鱉，三足，含沙射人。王虺蟒也。騫只。魂乎無南，蜮傷躬叶居延反。只。此喻吴多陰謀。

魂乎無西，西方流沙，漭洋洋只。陷人不淺。豕首縱目，披髮鬤亂貌。只。長爪踞同「鋸」。牙，誒笑狂只。魂乎無西，多害傷只。形容秦人獨絕。

魂乎無北，北有寒山，逴龍赩只。代水不可涉，深不可測只。天白顥顥，冰雪沍凍之色。寒凝凝只。魂乎無往，盈北極只。此喻魏望而可畏也。招魂乃未死生魂，慮其遠颺，故上下偏招。此死後靈魄，隨喪在道，故只言四方而畧其上下也。

魂魄歸徠，閒以靜只。自恣隨意所欲。荆楚，安以定只。逞志究極。欲，心意安叶。只。窮身永樂，年壽延只。魂乎歸徠，樂不可言只。總挈一段，以起下文。

箋　招魂云「靜閒安」者，諷頃襄也。此復云閒靜者，蓋深痛懷王生前不肯閒靜，惟窮兵黷武，以至於如斯也。今魂若歸來，據有荆楚之地，其財賦足以供王飲食歌舞之樂，其人民足以快王之志而極王之欲。不但報仇雪耻、振興楚國，並可比德三王。此皆三閭素所迫欲望之於懷王者，故不惜盡情吐露，冀懷王之魂速返也。

五穀六仞，穀粟之多。設菰粱只。鼎臑熟。盈望，和致芳只。内納。鶬鶬鶊。鴿鵓鴿。鵠，黃鵠。味豺羹叶岡。只。豺肉爲羹。魂乎歸徠，恣所嘗只。

箋　已上祭品之盛。

鮮蠵大龜。甘雞，和楚酪乳漿。只。醢豚肉醬。苦狗，以豉煮狗。膾苴蓴叶薄。蘘荷。只。吴酸蒿蔞，言吴人工調鹹酸，爚蒿蔞以爲韲也。不沾薄只。魂兮歸徠，恣所擇叶託。只。二「恣」字承上。

箋　葅醢之精。

炙鴰鷛鴰。烝鳧，煔鶉鴽。陳只。煎鰿鯽。臛雀，遽爽存叶祖陳反。只。老子：「五味令人口爽。」遽，快也。魂乎歸徠，麗以先叶新。只。麗，饌之美而先陳者。

箋　庖饌之美。

四酎并孰，同「熟」。不澀嗌只。酒三重釀爲酎，踰年則四重矣，不熟則酸而澀嗌。清馨凍飲，冷酒。不歠役大雅：「禾役穟穟。」役，列也。此謂不歠而但列注於尊罍也。只。吴醴再宿爲醴。白蘖，米麴。和楚瀝清酒。只。魂乎歸徠，不遽惕只。酒爲歡伯，可以忘憂。

箋　醴酒之醇。

代秦鄭衛，鳴竽張只。張之以待鳴。伏戲駕辯，楚勞商只。伏戲作瑟，造駕辯之曲；楚人因之，作勞商之曲。謳和揚同「陽」。阿，徒歌曰「謳」。趙簫倡只。魂乎歸徠，定空桑只。空桑，瑟名。和揚阿之歌當以簫爲倡，凡絃匏鍾磬皆從。簫倡之，故曰「定空桑只」。

箋　曲奏之雅。

二八接武，二列並舞也。投詩賦只。叩鍾調磬，金曰「鍾」，石曰「磬」。娛人亂只。樂之終奏曰「亂」。四上笛聲。競氣，極聲變只。笛色譜：「四上尺工六爲宫商角徵羽。」四上，宫與商也。「極聲變」者，言宫聲由商而爭上，至極而變，則四清聲生焉。魂乎歸徠，聽歌譔只。

箋　歌舞之盛、簫管之清，皆設以爲招魂之品。其不言「工祝具備」者，蓋靈輀在道，不勞升屋而號也。

朱脣皓齒，嫭以姱叶枯。只。此美而善修者。比合。德好閒，習以都只。合德則能同心共理，好閒則不興心妬嫉。此賢淑而嫺於禮者。豐肉微骨，調以娛只。此厚重而性情諧和者。已上皆窈窕淑女也。魂乎歸徠，安以舒只。内政得人，不患身之不安而舒矣。

箋 已上盛言美人之美，皆指所設之芻靈言。一部離騷多以美人比喻，此則專以喻己。蓋三閭之娥眉，在懷王時久爲衆女所妬。雖暫疏於外，猶冀賜環復召。不意一入武關，遂成永别。今日魂即歸來，焉能望其復活而用己耶？故借芻靈之美，以喻己之德性姱修，尚可佐王治理。懷王不能信用於生前，頃襄或可寵任於日後。倘機有可乘，國事固猶有可爲也。故不嫌苦心贊美，以爲用世之地也。

嫮目宜笑，娥眉曼只。容則秀雅，穉朱顔只。此指無憂遲暮者。魂乎歸徠，静以安只。

姱修滂浩，麗以佳叶居宜反。只。滂德能及物，浩才有可爲。此言其有才德者。曾頰倚耳，曲眉規只。

滂心綽態，姣麗施只。心廣則體胖。此言其胖者。小腰秀同「繡」。頸，若鮮卑只。小腰秀頸，則形不痴肥。此言其瘦者。魂乎歸來，思怨移只。

箋 移，轉移也。此言懷王魂魄在望，見今日芻靈，當轉移此日之思，思前度娥眉何以善淫；當轉移今日之怨，怨前度黨人何以蔽美，以致今日之喪歸異地也。

易中坦直。利心，聰慧。以動作只。粉白黛黑，施芳澤只。長袂拂面，善留客只。魂乎歸徠，以娛昔只。

箋 此直形容芻靈爲活美人矣。芻靈束草爲人，傅以粉黛，衣以綺繡。「易中」則無嫉妬之私，「利心」則有聰俊之慧，「動作」則粉若自施、黛若自描。「善留客」妙。懷王在秦爲客，魂今歸來，故舉袂拂面以留之，囑其毋輕信人言，再入武關作客也。「娛昔」者，得幸今日之聚，聊酧疇昔之悲也。

青色直眉，美目緬只。靨輔奇牙，宜笑嗎只。豐肉微骨，體便娟只。魂乎歸徠，恣所便只。

箋 前已贊其「嫮目宜笑，娥眉曼只」，此復言「青色直眉，美目緬只」者，蓋指總帷外之侍妾美鬟也。恣所便，任其所便而使之也。已上凡寫十二種美人，各具有德性聰慧，非靡顔膩理、遺視矊些之比。讀者切勿認以女色招王，則謬以千里矣。

夏屋廣大，沙堂秀只。南房小壇，音「善」。不屋平臺。觀樓觀。絶霤篰滴木溝。只。曲屋周閣。步壛，長廊。宜擾畜叶嗅。只。馴養禽獸。

箋 此明器之屬。夏屋沙堂、南房樓觀，檀弓所謂「竹不成用，瓦不成味，木不成斲」，備物而不可用，所以栖魂者。

騰駕步遊，未至囿則乘車，既至囿則徒行。獵春囿只。瓊轂錯衡，塗車冥駕也，以玉飾轂，以金錯衡。英華羽葆翠蓋。假叶故。設也。只。茝蘭桂樹，鬱彌路只。魂乎歸徠，恣志慮只。

箋　已上園囿所設之車駕、羽葆、旂旄之屬。

孔雀盈園，畜鸞皇只。鵾鴻羣晨，雜鶖鶬只。鴻鵠代遊，見珍禽之多。曼鷫鷞只。曼衍而飛者。魂乎歸徠，鳳皇翔只。鳳凰翔舞，兆楚必興。

箋　已上茝蘭、禽鳥，皆剪彩像生之類。是招魂之物已備，招魂之事已畢。以下則滿擬魂之歸徠，立國施政而比德於三王也。蓋皆寓託之詞。屈子無返魂之術，楚懷魂即歸來，焉能望其立國而施政耶？即屈子借芻靈以喻己，不過自己隱約其詞，豈能明告頃襄以用世之意耶？故仍借懷王魂之歸來，一直説下，以滅其迹。既不嫌見猜於頃襄，又不涉毛遂自薦之故轍，其用意深矣。

曼澤怡面，血氣盛只。永宜厥身，保壽命只。

箋　前云「窮身永樂，壽命延只」，蓋祝懷王生前之詞。此又言「曼澤怡面，血氣盛」者，乃借懷王以諷頃襄也。

室家盈庭，爵禄盛只。魂乎歸來，居室定只。

箋　此勸其重根本而定王室也。室家，本枝之公族。根本盛而枝葉茂，羣小權奸無容側足其間也。

接徑千里，出若雲只。人民蕃庶，勢若雲蒸。三圭重侯，聽類神叶式云反。只。聽察精審。察篤夭不壽。隱，不達。孤寡存恤問。只。魂兮歸徠，正始昆猶先後也。只。

箋　居室既定，由内及外，以施政治，所謂「始昆」也。三圭，公侯之秩。重侯，臨民之宰。「神」者，折獄無枉。察篤夭隱，存問孤寡，此又仁政所宜次第而施者。

田邑千畛，人阜昌只。美冒衆流，德澤章只。有美政以覆之，故德澤明。先威後文，善美明只。魂乎歸徠，賞罰當叶平。只。民不率教，則先罰以示威，後以文撫之，則賞罰當而勸懲之法備矣。

箋 已上望其治民。

名聲若日，照四海只。德譽配天，萬民理只。北至幽陵，南交趾只。西薄羊腸，東窮海只。魂乎歸徠，尚賢士只。

箋 此節承上起下。蓋發政獻行，非國有賢士，焉得名聲若日而德譽配天耶？此用倒提法也。

發政獻行，禁苛暴只。舉傑壓彈壓百僚。陛，誅譏應譏議者。罷叶抱。應罷斥者。只。直贏理直而才有餘者。在位，近禹麾只。禹能指麾用賢。豪傑執政，流澤施只。魂乎歸徠，國家爲只。

箋 已上望其用賢。

雄雄赫赫，天德明叶。只。三公穆穆，登降堂只。諸侯畢極，立九卿叶乞郎反。只。

蔣註 「登降堂」者，出入堂陛，以議大政也。諸侯畢極，謂朝諸侯、定官制也。三公、九卿，皆天子之制，但曰「九卿」者，三公已見上文。

昭質赤白之質。既設，大侯虎豹之侯。張只。執弓挾矢，揖辭讓叶如羊反。只。魂乎歸徠，尚三王只。

箋 此則天下化成之效，非三王不足以當此。當時七雄并争，游説縱横之士奇謀百出，曾無齒及三王之治者，惟孟氏以仁義鳴，屈子以忠貞顯，止此二子而已矣。

附註 招魂之作非暴君過，蓋以宗臣而值夏屋之將丘，寧能隱忍默默而坐視其亡乎？大招之作非露才揚己，乃屈子一生經濟未獲展施，寧能與草木同朽以没世乎？故於此二篇痛發其奇，以冀伸之於一朝也。離騷諸篇猶是自寫幽怨、流商刻羽而已，至二招之文，直是黄鍾大吕，豈庸耳俗目所能窺其閫奥哉？

蔣註 上手延登曰「揖」，壓手退避曰「讓」，致語以讓曰「辭」。天下既平，貫革射息，天子當陽，諸侯朝覲，與羣臣從容燕射，此太平之盛治也。篇中所云，皆爲左徒時欲措諸行者。不幸中道改路，徒以未了之願，號諸既死之魂，其傷心固有非言所能喻者。嗚呼！能無疾首於讒人也哉？

屈辭精義卷之四

江都陳本禮箋訂

九章

發明 屈子之文如離騷、九歌，章法奇特，辭旨幽深，讀者已目迷五色；而九章谿逕更幽，非離騷、九歌比。蓋離騷、九歌猶然比興體，九章則直賦其事，而凄音苦節，動天地而泣鬼神，豈尋常筆墨能測？朱子淺視九章，譏其「直致無潤色」，而不知其由蠶叢鳥道、巉巖絕壁而出，而耳邊但聞聲聲杜宇啼血於空山夜月間也。

惜誦

惜誦諫諍之詞。詩：「家父作誦，以究王訩。」以致愍兮，發憤以抒情。抒致愍之情。所所誦之辭。非忠而言之兮，指蒼天以爲正。叶。

箋　正者，證也。證其言之是非也。下二語即指所誦之詞。前誦之於君而致愍，故今又誦之於天，以求其證也。

令五帝以折中兮，戒六神與嚮服。俾山川以備御兮，命咎繇使聽直。

太皞、神農、黃帝、少皞、顓頊。折其是非之中。五帝之臣重、黎、句龍、該、修、熙也。質對其事之實。備其侍御，以待刺宥也。

箋　古來斷獄，惟咎繇惟明克允，故欲就咎繇而求其聽斷也。

竭忠誠以事君兮，反離羣而贅疣。忘儇媚以背衆兮，待明君其知之。

叶夷。

箋　此五帝折中之語，惜其離羣失位，如贅肉之無用也。此篇在九章中另一格，乃問答體。舊解不分，槩作原語。不但「待明君」句涉於謗訕，即下章言行情貌，亦若自炫。此班固誤讀，所以有「露才揚己」之譏也。

言與行其可迹兮，情與貌其不變。故相臣莫若君兮，所以證之不遠。

箋 此亦五帝語。上章諷楚懷之不明，此諷其不察。有臣如原，不能迹其言行、證其情貌而相之也。

吾誼先君而後身兮，羌衆人之所仇也。專惟君而無他兮，又衆兆之所讎也。

箋 此原聞五帝離羣之語，推原其所以離之之故，而復訴也。

壹心而不豫兮，不猶豫也。兮，羌不可保也。疾親君而無他兮，有招禍之道也。

箋 此又五帝訓誡之詞。言人臣事君，進思密勿，退欲和衷，若以爾之執一不和於衆，雖親君無他，然怙直不回，君亦不喜。不但不能保位，且必招禍，大有「爾其戒之，欽哉毋忽」之意。

思君其莫我忠兮，忽忘身之賤貧。忘其失位。事君而不貳兮，被疏猶諫。迷不知寵之門。叶民。以下皆原語。

箋　此原聆五帝招禍之語，撫躬自思，於事君之道莫我忠已，何以莫能免於禍耶？是蓋自忘其身之貧賤，迷其所向，而不知有苞苴貨賄、善爲邀寵之地也。

行不羣以顛越兮，非意料所及。也。何辜以遇罰兮，亦非予之所志叶之。也。忠跟上「莫我忠」來。獨行取禍。又衆兆之所咍笑其愚。也。

箋　此又追溯前此之遇罰、顛越，種種不合皆由迷於寵門所致。今雖翻然改悟，竊恐前怨已深，衆讎莫解，雖欲挽回已不及矣。

紛逢尤以離謗兮，重重遇罰。謇不可釋也。有口難辨。情沈抑而不達兮，又蔽而莫之白叶弼。也。加倍朦蔽，更難自白。

心鬱邑余侘傺兮，又莫察予之中情。叶愫。固煩言不可結而詒兮，欲上書自陳，又恐言煩詞冗，有涉於瀆。願陳志而無路。進言時既邀寵無門，失意時豈復有路耶？退靜默而莫予知兮，進號呼又莫予聞。連用四「又」字，正見進退維谷之意。申侘傺之煩惑兮，中悶瞀之忳忳。瞀音茂。

箋 已上皆承「思」字貫下。歷思忠之招禍，不可保如此，適如五帝之言，使我至今中心如醉，益悶瞀而難已也，以起下文入夢之因。文分上下兩截，上截寫五帝折中語，下截寫厲神占問詞，遥遥對列。

昔余夢登天兮，「天」字頂章首「蒼天」來。魂中道而無杭。吾使厲神祭法有泰厲、公厲、族厲。占之兮，曰有志極而無旁。厲神占辭。昔疇昔。

箋 悶瞀之極，結想成夢。「登天」者，志在竭忠事主，故有疇昔登天之夢。特卜之於厲神者，蓋天與五帝前已誦言之矣，然忠何辜以遇罰，究未得明其故，故卜及厲神，冀其直言而無隱也。「志極無旁」者，憐其志極高而旁無輔也。

終危獨以離異兮，此原疑而復問也。

曰以下厲神再答之詞。君可思而不可恃。故衆口其鑠金兮，初若是而逢殆。初以君爲可恃，即逢上官大夫争寵。被讒見疏，是初次已逢一殆。

懲熱羹而吹整齏。兮，何不變此志也？前車之懲，則當即改，何以頓忘吹整之戒乎？欲釋階而登天兮，即以登天之説折之。猶有曩之態叶替。也。譏其猶然恃君之故態也。厲神之言止此。前五帝誡其保位避禍，此番厲神又勸其懲羹吹整，無如皆與屈子不合。甘於「折臂成醫」，終之以「曾思遠身」，而此志不改也。

衆駭遽以離心兮，又何以爲此伴侣。也？同極而異路兮，又何以爲此援叶于願反。也？以下皆原語。

箋 此原聞厲神變志之言，而自爲揣度之詞。言衆既與我離心異路矣，又何以能爲我之伴援耶？此時我雖變志無益，又何況不能變耶？兩「此」字指己言。

晉申生之孝子兮，父信讒而不好。叶。謂不得其好名死也。行婞直而不豫兮，鮌功用而不就。叶皂。不能贖放殛之罪。

箋 此又甚言其變志之無益。以申生之純孝，而乃自經於新城之廟；以伯鮌之功，而乃被殛於羽山之淵。豈古來父子君臣間，皆因不能變其志而然耶？

補註 申生之孝，未免陷父於不義。鮌績用弗成，殛於羽山。屈子舉以自比者，申生之用心善矣，而不見知於君父，其事有相似者；鮌以倖直亡身，知剛而不知義，亦屈子之所戒也。

吾聞作忠以造怨兮，古人成語。忽謂之過言。九折臂而成醫兮，此亦成語。吾至今迺知其信然。

箋 吾聞作忠造怨，每每忽而不察，以爲過言。自信忠能格天，必不遇罰，何能造怨？不意今日親身離殃，乃知其爲誠然也。

辭鐙 玩「懲羹吹虀」及「折臂成醫」等語，其爲前番既疏猶諫，失左徒之位，此番又諫無疑。

矰弋機而在上兮，罻羅張而在下。叶。設張辟以娛君兮，願側身而無所。

箋 此因厲神有「逢殆」之語，故復言今日世情，更有不能免於殆者。矰弋喻朝廷苛政，罻羅喻臣下竣法。「張辟」者，於五刑外又設密網羅織，如誹謗者族之類，以爲娱君之術，使人避禍而無所也。

欲儃佪以干傺兮，恐重患而離尤。叶。欲高飛而遠集兮，君罔謂汝何之。

箋 罔，誣也。欲加其罪，何況無辭？況有隙可乘乎？「汝何之」三字，問得冷而促。

彙訂 承上「側身無所」而言。欲儃佪楚地，既恐禍之疊加；欲遠適異鄉，能無怒而相詰？

欲横奔而失路兮，蓋堅志而不忍。背膺牉以交痛兮，通上三者皆不可爲，故膺背交痛也。心鬱結而紆軫。

擣木蘭以矯蕙兮，鑿申椒以爲糧。播江蘺與滋菊兮，願春日以爲糗芳。

箋 於無可奈何中，設出遠身一法，以暫避其鋒。是殆懲羹吹虀，姑從厲神之説也。

恐情質遠身情質。之不信兮，故重著重著其網羅之酷虐也。以自明。撟兹媚即上衆芳。以私處兮，願曾思而遠身。叶商。

箋 遠身，避矰弋之加、罻羅之辟也。死非屈子所懼，桎梏而死，非正命也，故遠之。

抽思

蔣註 此篇蓋原於懷王時斥居漢北所作也。原於懷王，受知有素，其來漢北，或亦謫宦於斯，非頃襄棄逐江南比。故前欲陳辭以遺美人，終以無媒而憂誰告。蓋君恩未遠，猶有拳拳自媚之意，而於所陳耿著之詞，不憚亹亹述之，則猶幸其念舊而一悟也。

心鬱鬱之憂思兮，獨永歎乎增傷。思蹇產之不釋兮，曼遭夜之方長。秋夜不寐，更苦漏長。

悲秋風之動容薄寒中人。兮，何回極斗柄西指。之浮浮。不靖之象。以星光之閃爍，興君爲臣下所播弄也。數惟蓀之多怒兮，傷予心之慢慢。占之天意則如彼，觀之人事則如此。多怒，則予心更傷矣。

願遥起而横奔兮，欲不俟命回郢。覽民尤以自鎮。叶珍。知危自止。結微情以陳詞兮，矯以遺夫美人。指君。

欲上書自明。

蔣註　君方多怒，故民動而見尤。原身繫漢北，心不忘君。欲違命至郢以陳其志，又見民之罹罪者多，而知危自止，但結情於辭，舉以告君，則此篇之所爲作也。

昔君與我成言兮，曰黄昏以爲期。羌中道而回畔兮，反既有此他志。叶。「黄昏爲期」，註見離騷。

蔣註　以下皆追序立朝時蒙讒被放之事也。

憍矜。吾以其美好兮，覽余以其修姱。叶户。與予言而不信兮，蓋爲予而造怒。

蔣註　不信，不以誠告也。造，作也。始見君之怒不測，及觀其待己，常矜能以相炫，餙僞以相欺，與成言之意相背，乃知其銜怒在己也。史記：「懷王使屈平造憲令，上官大夫心害其能，因讒之曰：『平以爲非我莫能爲也。』王怒而疏屈平。」蓋懷王矜名好勝，故讒人得以深中其忌。其於原口不言而忿日深，其所以矜示者，亦因疑原之自伐而與之相競耳。

願承問而自察願君自察其非。兮，心震悼而不敢。悲夷猶而冀進兮，心怛傷之憺憺。叶膽，恐懼貌。寫盡憂讒畏譏神理。

玆歷瀝。情以陳辭兮，蓀佯聾而不聞。固切人之不媚切直之言，人皆不喜。兮，衆果以我爲患。叶胡門反。

蔣註　言欲及君之暇以自明，而始則心懼而不敢言；繼則欲言而心益懼；及其言也，君方置若罔聞，而衆已慮其傷己。此其所以斥之於漢北也。

初吾所陳之耿著兮，昔日所陳。豈至今其庸亡。同忘。何獨樂斯之謇謇今日所陳。兮，願蓀美之可完。叶胡光反。願君之美德完粹也。

望三皇。五帝。以爲像模範。兮，指彭咸以爲儀。式法。夫何極而不至兮，故遠聞而難虧。

蔣註 望君以三五爲模，自矢以彭咸爲法。君能希聖，臣能竭忠，以相砥於其極也。

善不由外來兮，名不可以虛作。孰無施而有報兮，孰不實而有穫？

彙訂 承上而申明之。「不由外來」，德行所以難虧；「不可虛作」，聲聞所以遠播。「報」者，報其施，是不可虛作也；「穫」者，穫其實，是不由外來也。

少歌樂之閒歌。曰：與美人抽思兮，并日夜而無正。說文：「正，守一不止。」無正者，無止也。憍吾以其美好兮，敖朕辭而不聽。

箋 少歌，小歌也。點出「抽思」，以結首章「鬱鬱憂思」之意，見心中時繹其思，而不能釋也。

倡曰：有鳥原自喻。自南兮，來集漢北。今鄖、襄地。好姱佳麗兮，牉獨處此異域。既惸獨而不羣兮，又無良媒在其側。道卓遠而日忘兮，願自申而不得。望北山北姑之山。而流涕兮，臨流水漢江之水。而太息。

箋 「倡」者，更端再歌之詞，以暢發其未盡之意也。

望孟夏之短夜兮，章首言「秋風」，此云「孟夏」，蓋追序之詞。何晦明之若歲？秋夜方長。惟郢路之遼遠兮，魂一夕而九逝。言一閉眼便到郢都。曾不知路之曲直兮，南指月與列星。言郢都分明在望，只在月星之下耳。願徑逝而不得兮，一夕九逝，實未嘗至，故曰「願徑逝而不得」也。魂識路之營營。沈約曰：「夢中不識路，何以慰相思？」此怪魂之頻於往來也。

何靈魂之信直兮，人之心不與吾心同。理弱而媒不通兮，尚不知余之從容。殺身成仁易，從容中道難。自明不變其所守也。

箋 已上補出被放漢北，明抽思之故，以變少歌之節，爲「倡曰」之辭。

聽直 藉夢中之月星，以導夢中之路程。月星既皆是幻，山河亦並非真，空有識路之營營而已。如斯而以爲識路，魂亦過於自信其直矣。

蔣註 此若呼而怪之之詞。曰何靈魂之信情直行，而迫欲歸郢也？當此人我異心、良媒中絕，正使得歸，當復何用？余從容聽之久矣，魂尚未之知耶？蓋嬉笑之言，甚於痛哭矣。

亂曰：長瀨湍流，泝江潭叶尋。兮。狂顧南行，聊以娛心兮。不得還郢，聊爲自解之辭。

蔣註　漢水南通江夏，涉漢泝江，則達郢矣。然君不反己，則今之南行，豈真至郢哉？姑以快其南歸之思耳。

軫石江心磯石。崴嵬，猶嵯峨。蹇吾願叶映。兮。超回志度，行隱進兮。

箋　「蹇吾願」者，江險難行也，於是捨舟從陸。「超回」者，繞道入山，又苦山路迂僻，不識徑道，以意度之。「隱進」，則更路迷而不得進也。總以見其欲歸不得之意。

低回夷猶，宿北姑兮。

箋　至此欲進不得，姑就北姑而宿，應上所謂「望北山而流涕」也。

煩寃瞀容，實沛徂兮。

箋 正欲快意南行，不料爲水陸所阻，使我不得沛然如漢水之南流也。

愁嘆苦神，靈遥思兮。

箋 旅夜無眠，又將入夢。「靈」字即指夢中之魂言，與上文兩「魂」字相應。

路遠處幽，又無行媒兮。三言「媒」字，不無注意於作合之人。道思作頌，抽思也。聊以自救解。兮。憂心不遂，斯言誰告叶。兮！

箋 「少歌」之詞，畧言之也。「倡曰」之詞，放言之也。「亂曰」之詞，聊以言之也。此在九章中爲另一體，迨三疊之意，皆形容「抽」字義也。

思美人

蔣註　承前抽思立說。然抽思始欲陳詞美人，終曰斯言誰告；此篇始言舒情莫達，終欲以死諫君。然湘淵之沈，乃在頃襄十數年後。蓋爲彭咸，非徒以其死，以其諫耳。誓死以諫君，諫而用則可以無死；不用而尚可諫，猶弗死也。至於萬不可諫，而後以死爲諫，此造思不忘之旨。

思美人兮，擥拭。涕而竚眙。注目而望。媒絶路阻兮，言不可結而詒。

箋　此因漢北有放回之命，而先言「媒絶路阻」者，懼到郢無薦達之人，故先欲結言以詒美人也。

蹇蹇之煩寃兮，陷滯而不發。既陷於罪，又滯於罰，故寃不能明。申旦以舒中情兮，志沈菀而莫達。

聽直 寃悲日煩，今朝明旦，日日皆然。欲舒以發之，而陷者更益之沈也，煩者更益之菀也。

願寄言於浮雲兮，遇豐隆而不將。不爲將命也。因歸鳥而致辭兮，羌迅高而難當。歸鴻冥冥，飛而難值。承上「媒絶路阻」來。

洗髓 浮雲喻楚之遊宦漢北者，畏令尹子蘭之威而不敢；歸鳥喻貴倖有事歸報朝廷者，皆急行而不顧。

高辛之靈晟兮，遭玄鳥而致詒。叶去。欲變節以從俗兮，媿易初而屈志。

評註 因上歸鳥難當而上感高辛之事，仍從「媒」字遞下，言求意外遇合，必須變節而從俗也。

聽直 玄鳥生商，精神足以感格。不能追古，則當從俗，而又重自愧也。使易志而可爲，猶且志屈堪羞，况變易之不可爲乎？

獨歷年而離愍兮，羌馮心猶未化。叶。寧隱閔而壽考猶終身也。兮，何變易之可爲？緊承上「變節」言。

聽直 離愍、馮心，吾願也。隱愍壽考，吾寧也。不發者，不復望其發。不達者，不復冀其達也。馮心未化者，前年之悶尚不得消，遞年之悶又已積也。

知前轍之不遂兮，未改此度。車既覆而馬顛兮，蹇獨懷此異路。與俗殊異之路。

蔣註 「知前轍」句十一字一氣讀，蓋以「未改此度」，明前轍所以不遂也。故後「狐疑」語，與此遥應。曰今欲廣遂前畫，則我尚未改此度也；前固以此不遂矣，豈獨能遂如今乎？呼應極靈。

勒騏驥而更駕兮，造父爲我操之。遷延。逡循。次趑趄也。而勿驅兮，聊假日以須時。

箋 此因媒絶路阻，言又難結而詒，故欲另選美驥，更延良御，以求追踪靈晟，冀與美人必合。

且囑其緩轡勿迫者，恐覿面失之。皆爲「思」字描寫。

指嶓冢由嶓冢發軔。之西隈兮，與曛黄以爲期。即「黄昏以爲期」之意。

箋　已上皆束裝未發，而設言其如此也。

開春發歲兮，白日出之悠悠。吾將蕩志而愉樂兮，遵江夏以娱憂。

箋　江夏在漢北之南，去郢爲近。「娱憂」則隨地遣懷耳。

擥大薄林薄。之芳茝兮，搴長洲之宿莽。叶。此未與美人期會，先爲自獻之計。惜吾不及古人謂生不並世。兮，吾誰與玩此芳草？叶七古反。

箋　古人指高辛，此悼己之靈晟不及古人，雖有孤芳，祇堪自賞，恨無美人之與玩也。

解蕭蓴蘘荷也。舊訛「薄」。與雜菜皆不芳之草。兮，備以爲交佩。佩此又佩彼，故曰交佩。

佩繽紛以繚轉兮，遂萎絶而離異。見不可變節從俗之故。

箋 「蕭蓴」四語承「誰與玩此芳草」言。蕭菜皆不芳之品，而世人偏愛之，且交相佩之以爲美，不知適佩之而遽已萎絶離異矣。比下「南人變態」言。

吾且儃佪徘徊。以娱憂兮，觀南人之變態。叶。如蘭之委美從俗、椒之專佞慢慆是也。

箋 儃佪、娱憂，不欲遽進而自爲忖度之詞。觀南人變態，嫌其變節從俗，亦如蕭菜之不耐久也。

竊快在其中心兮，揚厥凴而不竢。此爲茝莽快也。馨香滿藴於中，不竢他求而自然發揚於外矣。

芳與澤芳非澤則易枯。其雜糅兮，羌芳華自中出。叶尺遂反。

紛郁郁其遠烝兮，滿内而外揚。情與質信可保兮，羌居蔽而聞章。

箋 情與質，指所玩之芳言。「信可保」者，不致萎絶而離異矣。滿内則聞不擇地，外揚則烝不限遠。此固自信其美矣。竊恐不能邀美人之眄賞，依然抱「媒絶路阻」之憾也。

令薜荔以爲理兮，憚舉趾而緣木。因芙蓉以爲媒兮，憚褰裳而濡足。

箋 薜荔喻貴戚，芙蓉喻權倖。自信内美既足，終耻枉道以干人也。

登高承「緣木」。吾不説悦。兮，入下承「濡足」。吾不能。叶泥。固朕形之不服兮，疎敖之性，又不慣營緣。然容與而狐疑。欲進不能，退又不可，所以持兩端而不决也。

廣遂前畫前轍。此承上而轉計之詞。兮，未改此度也。命則處幽吾將罷兮，歸咎於命，自嘆不能有所爲也。願及緊承「將罷」，翻進一層。白日之未暮也。自顧時尚可爲，欲以死諫也。獨煢煢而南行，指「遵江夏」言。兮，思彭咸之故也。以「思」字起，以「思」字結。

蔣註 「容與狐疑」以下，盡翻前案，跌出彭咸，章法絶奇。二「也」字作狐疑口吻，其中又有賓主在。

涉江

箋　三閭無辜被放南夷，可謂寃之極矣。在他人，開首必先發出許多牢騷鬱邑不平語，此偏寫得奇奇怪怪，令人莫測其立言之妙。蓋由其才之高、識之大、志行之潔，故出筆都無烟火氣。

蔣註　涉江、哀郢皆頃襄時放於江南所作，然哀郢發郢而至陵陽，皆自西徂東；涉江從鄂渚入溆浦，乃自東北往西南，當在既放陵陽之後。舊解合之，誤矣。

余幼好此奇服兮，奇服，先王之法服，喻志行之不羣也。年既老而不衰。帶長鋏之陸離兮，冠切雲之崔嵬。一起便見不凡。被明月兮夜光珠。珮寶璐，世溷濁莫余知兮，此專指楚言。吾方高馳而不顧。志則高矣、美矣，其受病亦正坐此。駕青虬兮驂白螭，吾與重華遊兮瑶之圃。叶鋪。

箋　與重華遊，則胸中只有唐、虞，何論夏、商以後。

登崑崙兮食玉英，叶。喻所處之高、所養之正。吾與天地兮同壽，與日月兮齊光。

箋 此直欲希踪到聖人地位，可以參天地、贊化育矣。原胸襟抱負之大，彼楚人近在國中，尚不能知，何况遠夷，又烏足以知之耶？痛年老投荒，不知何日得返首丘，故於臨行時不惜盡情吐訴一番，爲下文「哀南夷」句作勢。

哀南夷指辰陽苗夷。之莫吾知兮，此臨行夜中忖度語也。已伏下，具有行將往告之意矣。旦予濟乎江湘。一「旦」字見被罪出於意外，頃刻便行，不能稍容迂足矣。

蔣註 「濟江湘」者，原自陵陽至辰、溆，必濟大江而歷洞庭也。按湘水爲洞庭正流，濟洞庭即濟湘也。鄂渚今武昌府，濟江而西，道經武昌，其自陵陽可知。

乘鄂渚而反顧兮，君門萬里，不堪回首。欸音「哀」。秋冬之緒風。緒，餘也。征途適届秋冬之交。步予馬兮山皋，邸予車兮方林。一幅秋山行旅圖。乘舲船余上沅兮，齊吴榜而擊汰。船容與而不進兮，隱然有故都之戀。淹回水而凝滯。

箋　此又一幅清江泛棹圖也。一葉孤帆，沙汀夜泊，淹回難進，能不令遷客魂銷於江上耶？

之辭。

朝發枉陼兮，夕宿辰陽。　此已入苗境。**苟余心之端直兮，雖僻遠其何傷？**　自解之辭。

入溆浦余儃佪兮，迷不知吾所如。深林杳以冥冥兮，乃猨狖之所居。

箋　辰州志：「溆浦在辰州萬山中，雲雨之氣皆山嵐烟瘴所結，非人所居。」此時原已至溆浦，尚未定安置之處，故云「不知所如」。

山峻高以蔽日兮，下幽晦以多雨。霰雪紛其無垠兮，雲霏霏而承宇。　此正被放之所。

辭鐙　前高馳者，今愈馳愈卑矣。前不顧者，今不得不屢顧矣。前與重華遊者，今與猨狖侶矣。前與天地同壽、日月同光者，今入山林雨雪中，併不知有天地日月矣。字字與前互映。

哀吾生之無樂兮，前哀南夷，至此不能不自哀矣。幽獨處乎山中。吾不能變心以從俗兮，固將愁苦而終窮。

箋 此獨坐空山，自怨自艾之辭。蓋亦自悔其立志太高，絶人太甚，暗中遭人妬忌，以致今日有南夷之放也。此時即悔亦無益，何況不能悔乎？故曰「固將愁苦而終窮」。

接輿髡首兮，桑扈贏行。二子一被髮佯狂，一不衣冠而處，此所謂「賢不必以」也。忠不必用兮，下指伍子、比干。賢不必以。伍子逢殃兮，比干菹醢。

箋 末引四子，正見天道不可必，人事不可量。迴想從前許多抱負，將欲致君堯舜、與日月爭光者，今皆付之於「愁苦終窮」而已矣，豈非一夢？

與前世而皆然兮，吾又何怨乎今之人？余將董道而不豫兮，固將重昏而終身。謂既蔽於懷王之世，又錮於頃襄之朝。

箋　如置身在漵浦山中，聽哀猨夜叫也。

蔣註　董道不豫，猶之高駝而不顧也。重昏終身，則與天地日月似不能比壽齊光矣。然所負如彼，所遇如此，此亦忠臣志士所莫可如何者矣。以感慨作收。

亂曰：鸞鳥鳳皇，日以遠兮。燕雀烏鵲，巢堂壇兮。露申露申，棄也。蔣註：「瑞香一名露甲。」「申」，或「甲」字之譌。辛夷，死林薄兮。腥臊並御，芳不得薄兮。陰陽易位，後宮女子執政。時不當兮。懷信侘傺，忽乎吾將行兮。遥應篇首「旦予濟乎江湘」句。

箋　此「亂曰」非結通章之文，蓋慮南夷莫我知，且不知我去位之故，故設爲此詞以告之耳。按南夷去郢都遠，燕雀巢堂，陰陽易位，彼邊氓烏得以知之？此正屈子所急欲自白者，故不憚亹亹敘述。「忽乎」二字，有連自己亦不知所以被放之故意在。昭明取此入選，獨删去「亂曰」一段，使屈子之文有首無尾，是不知此乃專爲「哀南夷莫吾知」句而設也。

蔣註　惜往日云：「願陳情以白行兮，得罪過之不意。」或者九年不復之後，復以陳詞攖怒而再謫辰陽，故其詞彌激歟？篇中曰「將濟」、曰「將行」，又曰「將愁苦而終窮」、「將重昏而終身」，蓋未行時所作也。

哀郢

辭鐙 屈子被放九年，料不能復歸郢都，故有是作。不曰「思郢」而曰「哀郢」者，頃襄初立，子蘭爲令尹，上官大夫等獻媚固寵，妬賢害國，較之懷王之世尤甚。當初放時已見百姓震遷離散，不知此九年中更作何狀，恐天不純命，實有可哀者。若夫己之思返不得返，猶在第二義也。

皇天之不純命兮，何百姓之震愆。不純命，即「天命靡常」之意。震愆，動輒得罪也。不便言君，故歸之於天。民離散而相失兮，方仲春紀時。而東遷。秦兵西來，故民急東遷。去故鄉而就遠兮，遵江夏以流亡。痛己亦隨流民之亡於道路。出國門而軫懷兮，甲之鼂紀日。吾以行。叶。發郢都而去閭兮，怊荒忽其焉極。楫𠫤同「齊」。揚以容與兮，循夏水東行。哀見君而不再得。望長楸故園喬木。而太息兮，涕淫淫其若霰。過夏首而西浮兮，舟路曲，有西向者。顧龍門而不見。楚都南關二門，一名龍門，一名修門。心嬋媛而傷懷兮，眇不知其所蹠。踐。順風波而流從兮，焉洋洋而爲客。李賀曰：洋洋爲客一語，倍覺黯然。

凌陽侯之氾濫兮，伏羲臣，凌陽國侯，波神也。忽翺翔之焉薄。順風而行，若鳥之飛。心絓結而不解兮，思蹇産同「巉嵼」，山屈曲貌。而不釋。叶灼。

將運舟而下浮兮，上洞庭而下江。叶。去終古之所居兮，今逍遥而來東。

蔣註　洞庭入江之口，今岳州巴陵縣。上下謂左右，東向西向俱以南方爲上。今自荆達岳，東向而行，洞庭在其南，故以洞庭爲上而江爲下也。

羌靈魂之欲歸兮，何須臾而忘返。背夏浦而西思兮，哀點「哀」字。故都之日遠。

蔣註　夏水東徑沔陽入漢，兼流至武昌而會於江，謂之夏口。背夏浦，則過夏口而東逾鄂渚，至興國，道潯陽，則大墳約畧可睹。

登大墳大墳在陵陽境。水中高者曰墳。以遠望兮，聊以舒吾憂心。林注：「舒」字根上「不解」、「不釋」來，謂曠觀可以散懷，且舒途次之憂，而不知適以增哀與悲也。哀州土指陵陽言。

之平樂兮，先王之善政猶存。悲江介之遺風。叶孚金反。故家之遺風如故。哀、悲者，謂祖宗舊封，其子孫將不能守也。

當陵陽之焉至兮，此追述未至時。淼南渡之焉如。陵陽在池州青陽縣。渡江而南，淼然無際者，廬江也。古陵陽境距大江百里，而遥南渡者，謂出江至陵陽也。曾不知夏之爲丘兮，孰兩東門之可蕪？焦竑曰：六朝如夢鳥空啼，不如此二語慘絶。

箋 此在陵陽，追念昔日郢都荒亂，曾慮及陵陽邊氓，不知作何等顛沛也。及登大墳，淼淼南望，乃不料其遺風如故，烽火無驚，曾若不知有郢都之荒亂者。今事歷九年，又豈知郢都陵谷之變遷，夏水化而爲丘，東門全然榛莽耶？蓋楚恃方城、漢水之險，不料爲秦兵塡塞夏首，使漢水不得通流，險失所據，以致兩東門車馬喧闐之地、人烟湊集之所，一旦皆蕩而爲榛莽矣。此銅駝荆棘之悲，故數百年後，魂猶行吟此二語於江上也。

外傳 晉咸安中，有吴人顔珏者，泊汨羅，夜深月明，聞有人行吟曰：「曾不知夏之爲丘兮，孰兩東門之可蕪？」珏異之，前曰：「汝三閭大夫耶？」忽不見其所之。

心不怡之長久兮，憂與愁其相接。惟郢路之遼遠兮，江與夏之不可涉。

王遠曰　此言哀思日以深，故國日以遠，悽然有「國破山河在」之感。《詩》云：「百爾所思，不如我所之。」與此一副神理。

忽若去不信兮，至今九年而不復。慘鬱鬱而不開兮，蹇侘傺而含戚。叶促。

王遠曰　言我忽然去國已是異事，不信至今九年猶不復也。從九年後追憶前九年中，惟以悲慘過日，忽不覺如此其久也。

補註　原初被放在懷王十六年，至十八年復召用之，有使齊之行。三十年有會武關之諫。頃襄王立，復放原。九年不復，固當在頃襄世也。

外承歡之汋約兮，諶誠。荏弱而難持。小人外餙媚態以承君歡，内若荏弱難持，使人視以爲柔軟，而不知笑中有刀。活畫出小人情狀。忠湛湛而願進兮，妬被佊。離而鄣之。

箋　此追溯從前在郢都時，被小人嫉妒之害，與非罪棄逐之寃也。

彼堯舜之抗行兮，瞭杳杳而薄天。叶汀。衆讒人之嫉妒兮，被以不慈之僞名。

箋 極言其巧言如簧，雖以堯舜之高明薄天，猶謂其不傳子而傳賢，被以不慈僞名，况其下者乎？

憎愠惀忠悃貌。之修美兮，好夫人之忼慨。衆踥蹀而日進兮，美超遠而踰邁。

聽直 小人安有忼慨意氣？當其得君時，侈口而談論天下事，無非一忼慨之情狀；而在君子則必沈吟籌度，輕若不吐諸口。遂反以君子爲嫵媚可憎，小人爲爽直可喜。於是小人日益進，君子日益遠矣。

亂曰：曼引。余目以流觀兮，冀壹反之何時。鳥飛返故鄉兮，思舊巢也。狐死必首丘。叶欺。信非吾辠而棄逐兮，何日夜而忘之。結出「哀」字正意。

悲回風

發明 九章難讀，而悲回風尤難讀。朱子猶嫌其顛到重複，蓋未悉此文乃傷懷王入秦不返，欲以身殉而自明其志也。且首自「悲回風」起，至「詩之所明」，乃其賦序，舊詁亦未截斷。自「寤從容」以下，皆託言夢境；「登石巒」以下心不忘郢，仍屬魂遊；自「傾寤」以下，盡言死後魂在波中漂蕩之苦；至若「悲霜雪之俱下，聽潮聲之相擊」，則又慘不可讀矣。末則不悲自己，反悲申徒之任石，恐己空死無益，亦猶申徒之抗迹也。篇中三引彭咸，各有取義，故不嫌其複也。按史稱懷王三十年，秦復伐楚，取八城，遺書與楚，會武關結盟。昭睢諫無往，王稚子子蘭勸王行。秦詐令一將軍號爲秦王，伏兵武關，俟懷王至，閉之，遂與西至咸陽，朝章臺如藩臣，不與亢禮，要其割巫、黔中郡。懷王怒不許，因留秦。時太子橫質於齊未歸，人心惶惶。屈子以疏放之臣，當此敗亡之際，爲人臣子者雖極疏遠，能寂無一言以弔其君乎？歷來注家從未發明此義，故附會百出，不得不掃除羣言，另標新義。

悲一篇之眼。回風秋氣回邪賊人，故曰回風。秦正在西，於時爲秋，喻秦詐楚。之摇蕙兮，以蕙喻懷，猶稱「荃蓀」也。心寃結而内傷。物有微而隕性兮①，國破君亡，苟有人心，能不同聲一哭？聲有隱而先倡。

【校勘記】

①「兮」字原脱，據端平本楚辭集註補。

箋 武關之入，昭睢諫不聽，是時楚必有先知秦之謀者，人言嘖嘖，無如楚懷不聞何。

夫何彭咸之造思兮，此以彭咸喻己。「造思」者，作悲回風也。暨志介因。而不忘。欲使人讀其文而悲其志也。萬變其情豈可蓋掩。兮，孰虚僞之可長？

箋 楚懷被脅朝章臺如藩臣，不與亢禮，辱國已甚，而羣奸猶諱其事，虚僞其詞，不曰「拘」而曰「留」，是欲蓋彌彰，何能長掩耶？

鳥獸鳴以號羣兮，隨從入關士卒同被拘留，父不能不號其子，妻不能不號其夫。草苴音「鮓」。生曰「草」，枯曰「苴」。比而不芳。狀羣奸之倉皇失魄也。魚葺鱗以自別兮，士大夫有避嫌疑而諉罪者。蛟龍隱其文章。賢人有懼既而去位者。

箋 已上皆實指當時情事，而不敢直言者，恐暴君過，特隱約其詞，故後文一則曰「獨隱伏而思慮」，再則曰「孰能思而不隱兮」，皆著明此義也。

故荼薺不同畮兮，蘭茝幽而獨芳。荼苦薺甘，其味殊。蘭茝之幽，不與草苴爲伍，其芳獨，此原自喻。惟佳人變彭咸，稱佳人，直以己自任矣。之永都兮，更統世而自貺。叶荒。易世相感，不改其節。眇遠志發蒙：遠志即自貺之志。之所及兮，眇其一目而仰視之，以定其高下之所及。憐浮雲之相羊。介眇志之所惑兮，恐己志不明，爲人所疑。竊賦詩之所明。叶。已上悲回風賦序。

箋 眇我志之所及者，欲及彭咸也。憐浮雲之相羊者，君亡無主，如浮雲之無依也。竊賦者，即此篇也。

正誤 舊詁序、文不分，故人誤謂文多重複。佳人，王逸譌謂懷、襄王；賦詩，蔣驥誤認爲賦離騷、抽思、思美人三篇，可爲噴飯。

惟佳人喻己。之獨懷懷王也。兮，折芳椒以自處。曾歔欷之嗟嗟兮，獨隱伏而思慮。玩兩「獨」字，則知當時臣民慟心而思懷王者，惟屈子一人而已。

箋　重提佳人，所謂「更統世以自貺」也。「折芳椒以自處」者，痛孤芳無用力之地。「獨隱伏思慮」者，恨身不能奮飛入秦，而返楚懷之駕也。

涕泣交而淒淒兮，思不眠以至曙。終長夜之曼曼兮，掩此哀而不去。寤由思入夢。御案：似夢非夢而若有見，謂之寤夢。從容以周流兮，聊逍遥以自恃。恃有夢以爲逍遥計也。傷太息之愍歎兮，氣於邑而不可止。及醒，固不能逍遥而入秦也。糺絞。思心以爲纕佩帶。兮，編結。愁苦以爲膺。絡胸。折若木以蔽光兮，隨飄風之所仍。

箋　此因於邑不寐，急欲入秦不得，於是復思入夢。特恐愁思纍纍，負重難行，故欲糺之以爲纕，編之以爲膺，以便於束縛佩帶而行也。「折若木以蔽光」者，慮陽光射目，欲變晝爲夜，一任神魂隨風飄送，以遂其迫欲見王之心也。

存髣髴而不見兮，「存髣髴」者，隱若秦關在望矣。「不見」者，不見懷王也。心踊躍其若湯。急欲到關。撫珮衽以案志兮，此已入秦境矣。超惘惘而遂行。叶。「惘惘」者，有茫然不知其所之之意。

歲曶曶其若頹兮，旹亦冉冉而將至。薠蘅稿而節離兮，芳已歇而不比。叶去。

箋 此夢醒而悼時光之迅速也。纔見秋風搖蕙，瞬已節離草枯。悵魂夢依然，我固未嘗入秦也。

憐思心之不可懲兮，證此言之不可聊。叶留。不以思之渺茫爲懲，而反以爲憐者，欲證返懷之言。明知其不能而必欲證之者，不肯作聊且之詞也。寧溘死而流亡兮，謂寧死於秦關道路。不忍此心之長愁。

箋 總爲後文「登石巒」、「上高巖」作勢，不肯以前之一夢而止。此則必欲神魂親至其地，目覩懷王無恙，始得紓我之愁而解我之鬱也。

孤子唫而抆淚兮，放子出而不還。叶魂。二語證此言之不可聊也。孰能思而不隱兮，昭彭咸之所聞。

箋 懷王留秦，事多不便明言，故總託諸隱語以自寫其愛思也。昭彭咸所聞，欲以自明其志也。

蔣註 所以然者，秦關不返，孤臣有故主之悲；南土投荒，放子無還家之日。此固交痛而不能已者。

登石巒以遠望兮，先寫望郢。路眇眇之默默。路既眇眇，時復昏黑。入入國都也。景響之無應兮，聞省想而不可得。大有「魂來楓林青，魂返關塞黑」意。

箋 此魂又入夢。景響無應，嘆國中之無人也。聞，是欲聞圖議國事；省，是省問在秦消息；想，是思想從前信任之專。「不可得」三字起下。

愁鬱鬱之無快兮，居戚戚而不解。心鞿羈而不開兮，氣繚轉而自締。

箋 此望見郢都城内形象光景敗壞如此，能不令人氣轉鬱而心轉慼耶？

穆眇眇之無垠兮，莽芒芒之無儀。此寫望秦也。秋風悽慘，秋色蕭條，莽莽平原，未知何處是吾君栖依之所，言念及此，寧不令孤臣淚落連珠子哉？聲有隱而相感兮，物有純而不可爲。

箋 前「眇眇」，歎郢路之遥遠也；此「眇眇」，嘆懷王之孤魂覊於秦也。芒芒無儀，不見其形影也。聲隱有感，兩魂異地相望，恍聞悲哭之聲也。物純不可爲者，前懷王因誤信子蘭，奈何絶秦歡，一派媚秦軟語迎合秦昭，卒致被留。故痛斥其純而不可爲，深有恨於此也。

邈漫漫之不可量兮，縹綿綿之不可紆。愁悄悄之常悲點「悲」字醒題。兮，翩冥冥之不可娱。凌大波而流風兮，託彭咸之所居。此悲己之神魂茫茫，飄泊於黑雲霧雨之中，不知秦關何在，楚塞何存。與其生而魂遊，不若早從地下之爲妙也。

箋 凌，歷也。「流」者，隨波而漂也。「漫漫」「綿綿」者，此恨無期也。「翩冥冥」者，託足無所也。「凌大波而流風」者，此直欲以身殉矣。從「石巒」以下，連用十疊字，一氣奔注，至彭咸爲歸宿之地，不曰「死」而曰「託」者，蓋未寤彭咸而先爲擬託之詞。

上高巖之峭岸兮，處雌蜺之標顛。據青冥而攄虹兮，遂儵忽而捫天。

箋　此設言死後之神遊也。「上高巖之峭岸」者，嘆塵海茫茫，此愁何日得紓，不若上登高巖，姑爲汗漫之遊，以求弭悲之術。據青冥，攄虹蜺，而捫青天，極其遊之所至。不但思可以無庸紃，愁可以毋庸編，而哀亦可以掩而去矣。

吸湛露之浮涼兮，漱凝霜之雰雰。依風穴在崑崙北門。以自息兮，忽傾同「頃」，俄頃。寤同「晤」。以嬋媛。彭咸來矣。

箋　吸湛露、漱凝霜，如得一服清涼散，將平昔心中所謂如焦如焚者，悉化爲烏有矣。且更喜依風穴以自息，不受回風之賊，内患既除，外侮不侵，正在自幸，不覺嬋媛早已在寤。不曰「彭咸」而曰「嬋媛」者，寫將入水時，隱隱約約，若見神見鬼，神情活現。

馮「馮軾」之「馮」。崑崙以瀓霧兮，隱「隱几」之「隱」。岷山以清江。叶。憚涌湍之礚礚兮，聽波聲之洶洶。形容初入水時，神魂猶慓慓悚懼也。水激石聲。

箋 以下寫魂在波中，與彭咸遊也。按江亦發源於崑崙，「馮崑崙」者，溯其源；「隱岷山」者，窮其委。

紛容容之無經兮，水之瀇滉洞出，沒滑瀎潏也。罔茫茫之無紀。水之布濩汗漫，漭沆洋溢也。軋洋洋之無從兮，水之流湍投濈，砏汃輣軋也。馳委移之焉止。水之長輸遠逝，漻淚減汨也。

箋 此悲尸在水中，隨波漂泊，無所定止。四語形容入化，與張平子南都賦語適合。

漂翻翻其上下兮，翼比翼也。遥遥其左右。叶以。氾潏潏其前後兮，伴張弛之信期。叶起。又連用八疊字，與前相應，字字工煉。

箋　此悲同没於水者。「漂」者，水上之尸；「翼」者，水中之鬼；「氾」者，騎鯨之夜叉水怪也；「張」者，潮之來；「弛」者，汐之去；「伴」者，則鬼與鬼、怪與怪，互相結伴而隨潮汐之往來也。已上描寫波之滉瀁簸蕩處，大有海水羣飛、驚濤夜湧之勢。又若有無數寃魂，在於上下左右前後，呼嘯啼泣，凄凄切切，猶聞索命之聲。山鬼而外，復見斯篇，恍若魑魅滿紙，真神於說鬼。

觀炎氣之相仍此悲尸在淵久，歷四時而如生也。兮，窺煙雲。液雨。之所積。悲霜雪之俱下兮，聽潮水之相擊。見耳目所觸，無非悽慘。「相擊」二字，不忍卒讀。借光日光。景月光。以往來兮，施黃棘之枉策。中山經：苦山有木名黃棘，黃花圓葉，其實如蘭，故取爲策馬之鞭。求介子之所存兮，見伯夷之放迹。心調度而弗去兮，刻著志回應序首。之無適。時刻調度於心而弗去。

箋　往來施策，見死後精靈不没；「求介子之所存」者，欲生保懷王歸國，如晉文故事；見「伯夷之放迹」者，設楚不幸國滅於秦，必效伯夷不食而死也。

正誤　草木疏：借光景以往來，猶離騷經「聊假日以婾樂」。逸注作「神光電景」，非是。

曰：亂詞。吾怨往昔之所冀兮，悼來者之逖逖。憂懼貌。

箋　言吾往昔所冀者，君如堯舜，臣盡皐夔，不料懷王卒死於秦，使我竟成虛願。今襄雖繼立，不能步武前王，恐危亡將至，能不爲之逖逖耶？

正誤　「曰」者，亂詞也。註家均連上文作屈子自己解説之詞，誤也。

浮江淮而入海兮，從子胥而自適。望大河之洲渚兮，悲結上「悲」字。申徒申徒狄諫紂不聽，負石自沈於河。之抗跡。驟諫君而不聽兮，任負。重石之何益？心絓結而不解兮，思結「思」字。蹇産而不釋。

箋　前求介子、見伯夷者，指死後言也。此從子胥、悲申徒者，指生前言也。思蹇産不釋，是仍望於頃襄之繼立，故不忍遽自引決也。

洗髓　言吾策馬西征，求介推於綿上；不若乘舟東濟，覓子胥於海中，從之自適。乃還望大河，申徒之抗迹猶存，不覺愁然心悲。當年任石，無救殷亡；今日懷沙，曷裨楚敗？攄虹捫天，殆冥途夢境。清江澂霧，非事勢能爲，惟有尋同調之古人，弔孤忠於方外，而絓結之心，與蹇産之思，終古莫釋，空作遊魂於江上已耳。

惜往日

箋 通篇「惜」字三見，「讒」字六見，「貞臣」字三見，「廱」字四見，蓋慟哭陳情之辭。將平昔一片忠肝義膽，生既不能見白於君，故於臨淵致命時，不得不有此一番慟哭也。哀音血淚，一字一泣。

惜往日之曾信兮，指爲左徒時。受命詔以昭時。奉命造憲令。未昭者爲之申明，已昭者益從而廣之也。奉先功先君功烈。以照下兮，照臨下土。明法度之嫌疑。

箋 法度，即五刑，糾萬民之法；八辟，麗邦法之度。嫌疑，則罪疑惟輕、功疑惟重之類。

國富强而法立兮，屬貞臣自喻。而日娭。「日娭」者，君無猜下之嫌，朝無貝錦之萋，故得日娭以樂也。秘密事之載心藏諸心也。兮，雖過失錯誤。猶弗治。叶平。寬宥也。

箋　已上述懷之寵遇於己獨厚。

心純龐而不泄兮，不敢以機密妄泄與人。遭讒人而嫉之。即指草創憲令，屬稾未定，上官大夫欲奪之而不與，遂以「自伐其功」而讒之也。君含怒以待臣兮，不清澂省察也。其然否。叶悲。此中之虛實然否，清澂立見，無如含怒在先，一切不爲之省察矣。

蔽晦君之聰明兮，虛惑誤又以欺。見君本聰明，奈爲虛惑誤欺四者所蔽。

集註　虛，空言也；惑誤，疑而誤之也。然猶畏之也。至於欺，則公肆誣罔而無所憚矣。

弗參驗以考實兮，不以讒言參互考驗，而遽信以爲實。遠遷臣而弗思。

信讒諛之溷濁兮，晠氣志而過之。晠氣志，含怒也。過，督責之也。見前雖有過，尚蒙弗治；今則有意督責之矣。何貞臣與上「貞臣」緊對。之無辠兮①，被讒謗而見尤。叶。慙光景之誠信兮，身幽隱而備之。備受其幽隱莫白之冤也。

【校勘記】

① 皐，原作「辠」，據端平本楚辭集註改。

箋 已上兼懷襄兩世言，自憤誠信不能如光景之昭明於世，故對之而生慙也。

臨沅湘之玄淵兮，遂自忍而沈流。卒沒身而絶名兮，惜廱古「壅」字。君之不昭。叶周，明。

箋 此痛幽隱不白，對景生慚，不若早赴深淵，然又竊恐沒身絶名，而鄭袖、子蘭、靳尚等蔽晦欺罔之處，不得昭明於世，故特著一「廱」字，以明定其罪，如春秋趙盾書「弑」之例。蓋深恨若輩既廱其父，又廱其子也。

君無度而弗察兮，使芳草爲藪幽。藪，荒澤也。言與澤草同腐。焉舒情而抽信兮，王萌曰：繹之而不窮者，思也；引之而如一者，信也。故曰「抽信」。恬死亡而不聊。叶。君既弗察，宜安於死，不苟且以虚生。獨鄣壅承「無度」句。而蔽隱兮，承「藪幽」句。使貞臣而無由。

無路自達也。

箋 此述頃襄之放己也。

聞百里之爲虜兮，伊尹烹於庖厨。叶稠。呂望屠於朝歌兮，甯戚歌而飯牛。不逢湯武與桓繆兮，世孰云而知之？叶周。人君能察，故貞臣得用。吳信讒而弗味兮巧言孔甘，毒藥苦口。子胥死而後憂。越滅吳，夫差臨死始言無面目見員。介子忠而立枯兮，文君寤而追求。封介山而爲之禁兮，報大德之優游。思久故之親身兮，因縞素而哭之。叶久。「故親身」對「往日曾信」言。

箋 已上援古以自慨也。

蔣註 「介子立枯」數語，乃通身著意處，故於文之加禮子推亹亹述之，蓋忍死而惓惓有望也。

或忠信而死節兮，或訑音「拕」，詐欺也。謾而不疑。欺君罔上者，反用之不疑。弗省察而按實兮，聽讒人之虛辭。芳與澤其雜糅兮，孰申旦而别之？

箋　此概論古今暗主。

何芳草之蚤殀兮，微霜降而下戒。叶鬲。微霜下戒，正催芳之早殀也。諒不聰明而蔽壅兮，使讒諛而日得。

箋　此自傷身之被放，皆因君受小人壅蔽，以致不聰不明。「諒不聰明」者，是諒其聰本不明，故使小人日益自得也。此推原之辭。

自前世指懷王時。之嫉賢兮，謂蕙若杜若。其不可佩。叶備。妒佳冶之芬芳兮，嫫母姣而自好。叶戲。雖有西施之美容兮，讒妒入以自代。叶帝。

箋　嫫母何可代西施？以讒人之口，則西施絶不如嫫母之好。蓋小人不知己之不堪，而欲逞材以專寵也。推原其病根，自懷王時已然，又何怪乎今之人？

願陳情以白行兮，得罪過之不意。情寃真情寃狀也。見之日明兮，如列宿之錯置。

錯置，倒置也。言我之情冤，如列宿倒置在天，人人明白，奈自懷至襄，屢訴而屢獲罪，何也？

乘騏驥而馳騁兮，無轡銜而自載。乘氾泭同「桴」，小木栰。以下流兮，無舟檝而自備。背法度而心治師心爲治。兮，辟與此其無異。

箋　此深痛懷、襄兩朝用人治國之不當，所以必敗也。雖有騏驥，無轡銜則泛駕；雖有桴筏，亦必有舟檝方穩備。以喻治國不由法度而師心爲治，國必亂；况當此敗亡之際，尤當由法度行。繳上「明法度」，爲前後關鍵。

寧溘死而流亡兮，恐禍殃之有再。不畢辭而赴淵兮，惜廱君之不識。仍以「廱君」作結。

箋　禍殃有再，爲頃襄懼也。當懷王受欺於秦，武關之入，卒死於秦。頃襄嗣位，忘不共之讐，輒與結姻和好。史稱七年迎婦於秦，十四年又與秦昭會宛和親。夫秦素稱虎狼之國，豈可信其欺詐耶？三閭自痛身放南荒，不得與聞國政，眼見頃襄不鑒前車，必蹈其覆，故曰「恐禍殃之有再」也。然迎婦、會宛和親之舉，自必又出於子蘭、靳尚諸奸，計方以爲迎合秦人，乃息兵妙策，而不知其非也。廱君不識，正痛恨此等庸愚妄參廟謨，不識秦人用詐之計，覆亡之禍，應在指日，故不辭而赴淵也。

聽直 「不識」與「不昭」對峙。通篇只兩段，「惜往日之曾信」至「惜君之不昭」爲一段，「君無度而弗察」至「廱君之不識」爲一段。

蔣註 按原之死，大約在頃襄十五六年間。史稱襄二十一年，秦拔鄢、郢，取洞庭五湖江南，沅湘玄淵，皆爲秦有。「禍殃有再」之言，不旋踵驗矣。

懷沙

箋 太史公列傳，漁父之後即繼以懷沙，曰「於是懷石自沈汨羅」，則此篇當是絶筆之文。又按外傳稱原晚益憤懣，披蓁茹草，混同鳥獸，不交世務，採柏實，和桂膏，歌遠遊之章，託遊仙以自適。王逼逐之，於五月五日遂赴清冷之水。其神遊於天河，精靈時降湘浦，楚人祀爲水仙。

陶陶從史記，他本作「滔滔」。孟夏兮，草木莽莽。叶。傷懷永哀聲淚俱盡。兮，汩聿。徂南土。

箋 孟夏時猶清和，草木莽莽，此猶淵明所謂「盛夏草木長，繞屋樹扶疎」之意。悼其被放南土，無廬可託，勢不能再靦顔以偷生也。南土，指往長沙、汨羅，言己之死所也。

眴音「瞬」，瞑眩也。兮窈窕，從史記，一作「杳杳」。孔静幽墨。一作「默」。冤結紆屈。軫痛。兮，離慜而長鞠。窮。

箋 此臨淵而嘆其水之深與水之色黝然而幽也。蓋水至深則色必黑，無風則波平而孔静矣。「眴兮」二字妙絶。眼視汨水深黑處，即投死之所，有不忍視、不能再視之意，故目爲之眩而神爲之昏也。「冤結」句追思昔日之鬱，「離慜」句正嗚今日之苦也。

聽直 「眴兮杳杳」者，有目數視而不得其所見之處，失意失神，見日月皆若無光，顧山河盡成冥途也。無象可覿之謂幽，無聲可聞之謂默，聲象交廢之謂孔静。如此景況，竟入於鬼界矣。是篇爲畢命之詞，易於用慘。

撫循。情効覈。志兮，俛詘以自抑。刓方以爲圜兮，常度未替。

箋 此因一生梗槩大節，恐死去不明，剩一息尚存，盡情歷序一番，似自撰行狀，留與千百世後人，讀其文而悲之也。史記獨載此賦，迨亦將有感於斯文。

易初變易初心。本廸本於先人啓廸之道。兮，君子所鄙。章畫志墨章，明也。畫，如「卦畫」之「畫」。墨，繩墨。志，念之不忘。兮，前圖未改。叶已。

內厚質正兮，大人所晠。美也。巧倕垂，舜之共正。不斵兮，孰察其揆正。

評註 言倕必斵而後知其巧，喻己不見用，無人知其才德也。

玄文黑文。幽處幽暗之地。兮，矇瞍有眸子而無見曰矇，無眸曰瞍。謂之不章。離婁微睇兮，瞽以爲無明。叶。

箋 離婁以視爲明，微睇而無不見；瞽以不見爲明，而能以意揣之，無所用其明。以喻衆人能見有形而不能見無形也。此承「巧倕不斵」，以喻人不能察其所揆之正也。

變白而爲黑兮，倒上以爲下。叶。鳳凰在笯兮，雞鶩翔舞。

箋　此甚形其簧言讆説，能變白爲黑，倒上爲下，不僅不察不見而已也。鳳凰雞鶩，喻君子被困，小人得志。皆由其黑白不分，致令冠履倒置也。

同糅玉石兮，一概而相量。叶平。恨懷王爲羣小所惑也。夫惟黨人之鄙固兮①，羌不知余之所臧。

【校勘記】

① 夫，據端平本楚辭集註補。

箋　獨提黨人者，不敢直言怨君，故借黨人之鄙固，以痛君之不能見量於己。此微詞也。

任重載盛兮，陷滯而不濟。懷瑾握瑜兮，窮不得所示。

箋 此追悼爲左徒時遇讒被疎，既未得克展其才；而放廢之後，沈淪異地，復未得竟其用也。

邑犬羣吠兮，吠所怪也。誹俊疑傑兮，固庸態也。此指黨人言。

洗髓 詞愈憤而愈刻，意愈慢而愈激。即「犬吠」數語，益見其不平之氣。是必見恨於小人矣。

文質疎内兮，衆不知余之異采。材樸委積儲蓄充足也。兮，莫知余之所有。叶謁。

箋 兩「不知」，皆跟上文「知」字來。文質材樸，正是其所臧處。

評註 文質疏内，盛德若愚也。材樸委積，實若虚也。

重仁襲義兮，謹厚以爲豐。重華不可遌晤。兮，孰知即以「知」字貫下。余之從容？

箋 此又申言人所不知之故。「重仁襲義，謹厚爲豐」八字，乃屈子一生大學問、大抱負，豈當時人所能識？緬維在昔，惟重華乃原寤寐所仰止者，惜又不能一遌。此外孰有知余之從容而中道者耶？

古固有不並兮，不並世而生。豈知其故也？豈知我今日臨淵之故。湯禹久遠兮，邈不可慕也。聖帝往矣，明王又不作，吾其已夫之嘆。

懲違改忿兮，抑心而自彊。離慜而不遷兮，願志之有像。願死後傳世。

洗髓　生莫與竝，惟是修其在我。違則懲之，不貳吾過；忿則改之，不憑吾怒。抑制此心，勉强爲善。雖遭憂愍，初服不遷。既無復顧望於人間，願志獲成而有像，爲後世之表儀而已矣。

進路北次向汨羅之路。兮，日昧昧其將暮。情景難堪。舒憂娱哀兮，限之以大故。

箋　以懷石爲舒憂，以投淵爲娱哀，命盡於此，天實限之，夫何怨哉？悽音慘慘，至今猶聞帋上。已上又似一篇自祭文，「亂曰」以下則自題墓志銘也。

亂曰：浩浩沅湘，分流汩兮。汨羅在長沙府湘陰縣。沅出蜀郡，至長沙；湘出零陵，亦至長沙。修路幽蔽，道遠忽兮。

聽直 瞪視沅湘之分流，睠念來投之修路，向之所謂幽僻而遥遠者，今忽焉已至矣。是江水逼人以死地，江聲告人以死期矣。

懷質抱情，獨無匹叶平。兮。無耦也。集註作「正」。伯樂既没，驥焉程兮。

聽直 懷抱獨知，世無復相馬者矣，付驥骨清流足矣。將曰自沈之非正命耶？

民生稟命，各有所錯兮。壽夭窮通，各有數定。定心廣志，予何畏懼兮？

箋 心定則仰不愧天，志廣則俯不怍人。「畏懼」頂篇首「眴兮窈窕，孔静幽墨」言，謂水之深黑而可畏懼也。

曾傷爰哀①，永嘆喟兮。世溷濁莫吾知，人心不可謂兮。

聽直　既無畏懼，而又不能不歎傷者，君國之恨，地下逝魂所不能忘。縱骨化形銷，而此傷猶增，此歎猶永也。生前之傷歎莫之省，死後之傷歎益莫之聞，九泉迴隔，又安能呼溷濁之人，而寄聲相謂，俾改故轍②，慰此逝魂乎？

【校勘記】

① 爰，原作「恒」，據端平本楚辭集註改。　② 轍，原作「輒」，據楚辭聽直改。

知死不可讓，願勿愛兮。明告君子，吾將以爲類叶賴。兮。

箋　末以「死」字反結「知」字。知死不可讓，則生亦無益，何必欲求人之知也？將前後數「知」字一筆掃卻，而歸於「死」之一途，固可以免邑犬之羣吠矣。

聽直　世豈有可偕死之人，同心地下哉？此非可讓之事，願勿自愛其死而已。縷陳死因，明告後之君子，倘後有死忠如我者，吾將引之以爲儔類，庶地下不孤也。「從彭咸之遺則」，以此心質之前世也；「明告爲類」，以此心待之後世也。前望千載，後望千載，顧影孑立，足跂眸穿，悠悠當代，竟何人哉？

橘頌

箋 史記貨殖傳稱「江陵千樹橘」，江陵與夔峽皆在漢水之南，楚文王所都之南郢地。昭王畏吳，徙都於鄀，稱鄢郢，今襄陸界，後復歸於郢。則原之頌橘，似在郢都作也。黄維章次橘頌於悲回風之前，蔣驥次於懷沙之後。余細玩其詞，雖不能定其作於何時，其曰「受命不遷」，是言稟受天賦之命，非被放之命也；其曰「嗟爾幼志」、「年歲雖少」，明明自道，蓋早年童冠時作也。

辭鐙 一篇小小物贊，説出許多大道理，且以爲有志有德、可師可友，而尊之以頌，可爲備極稱揚。看來句句頌橘，又句句不是頌橘，但見原與橘分不得是一是二，彼此互映①，有鏡花水月之妙。

【校勘記】

① 映，原作「殃」，當爲形訛。

后皇嘉樹，橘徠服兮。謂天生嘉樹，獨産南服也。受命不遷，生南國兮。橘逾淮成枳①。深固難徙，更壹志兮。深根固蒂，喻其不逐於污俗也。緑葉素榮，紛其可喜兮。叶去。

花葉喻文藝。

【校勘記】

①逾，原作「喻」，據周禮「橘逾淮而北爲枳」改。

曾枝剡棘，喻廉隅。圓果喻實德。摶同「團」。兮。青黄青，實未熟；黄，已熟時。雜糅，文章爛叶闌。兮。文章燦爛，喻德之發於外者。精色内白，類任道叶徒苟切。兮。精色内蘊，類有道者之行廉志潔也。紛緼宜修，姱而不醜兮。善於修飾，純乎自然，不假人爲也。

箋　文分前後兩截，上截寫橘之素具，下截表橘之貞操。

嗟爾幼志，有以異兮。獨立不遷，豈不可喜兮。申上「受命」句。

箋　獨提「幼志」二字，蓋追憶「覽揆初度」之事也。獨立不遷，則「重之以修能」也。

深固難徙，廓其無求兮。只知深固其本根，而於身外固廓然無所求於天地間也。申上「深固」句。蘇同「疎」。世獨立，横而不流兮。

箋 既已無求於外，自然與世自疎。「獨立」者，孑然不羣。「横而不流」者，旁行之枝横生而不撓也。

閉心自慎，終不過失叶試。兮。閉心，屏去嗜欲。自慎，戒慎恐懼以自盟其幽獨也。秉德無私，參天地兮。

箋 天下惟至誠可以參天地，一橘之微，何至頌言若此？此大夫自寫照，欲與天地同垂不朽也。

願歲并謝，與長友叶。兮。淑離不淫，不淫其志。梗其有理兮。

箋 歲謝不凋，則其貞可仰；淑離不淫，見其交之久而能敬。親之不暱，遠之不疎，梗然崛强而有理也。

年歲雖少，應上「幼志」。可師長兮。行比伯夷，置以爲像叶上。兮。

箋 言橘之貞操亮節，不但爲我之友，並可以爲我之師與長。何也？蓋伯夷，聖之清者，我素所景仰。欲寫伯夷之像不可得，今若範橘之形，可當伯夷之像而事之也。

屈辭精義卷之五

江都陳本禮箋訂

九歌

發明 九歌皆楚俗巫覡歌舞祀神之樂曲。周禮春官：「司巫掌巫之政令。」男曰覡，女曰巫。楚以巫祀神，亦從周舊典。特其詞句鄙俚，故屈子另撰新曲。然義多感諷，後人不深求其故，漫曰楚俗信鬼好祀；而谷永又謂懷王隆祭祀，事鬼神，欲以邀福，助却秦軍，似皆妄擬之詞。愚按九歌之樂有男巫歌者，有女巫歌者，有巫覡並舞而歌者，有一巫倡而衆巫和者，激楚揚阿，聲音淒楚，所以能動人而感神也。鄭康成曰：「有歌者，有哭者，冀以悲哀感神靈也。」讀九歌者，不可以不辨。

東皇太一

舊註：祠在楚東，以配東帝。

箋 太乙，北辰星名，在天乙之南，主使十六神，而知風雨、水旱、兵革、饑饉、疾疫、災害之事，考治上下，順行八宮，理天理地理人。其神最尊，故楚俗祀神首先及之。其曰「東皇」者，太乙木神，東方歲星之精，故曰「東皇」。

吉日謂甲乙。兮辰謂寅卯。良，穆將愉兮上皇。東皇。撫長劍兮玉珥，璆鏘鳴兮琳琅。

箋詩：「穆穆文王。」「穆」字指上皇不貼，主祭與巫言。「將愉」者，神將降而歆其祭祀也。「撫長劍」，則如見其形矣。「璆鏘鳴」，則如聞其聲矣。首從神降序起，不入迎神一詞；末亦不找送神一語，創格也。

夢溪筆談「吉日辰良」，蓋相錯成文，則語勢矯健。如杜子美詩云「紅豆啄餘鸚鵡粒，碧梧棲老鳳皇枝」，韓退之云「春與猿吟兮，秋鶴與飛」，皆用此體。

瑶席神位。兮玉瑱，同「鎮」，壓席。盍將把奉持也。兮瓊芳。蕙肴蒸同「烝」，進也。兮蘭藉，奠桂酒兮椒漿。洪邁曰：二語乃當句對也。

箋　此述陳設饗薦之豐潔也。言竭誠致禮，既以瑶爲席而玉爲瑱矣，則所將而致敬者，何物耶？瓊之芳也，蕙之肴也，桂之釀而椒之漿也。筆以反跌見重。

揚枹兮拊鼓，疎緩節兮安歌，升歌。陳竽瑟間歌。兮浩倡。此一巫倡而衆巫和也。

箋　歷舉聲歌之盛，以娛神也。「浩」者，見歌者之衆、竽瑟之多也。

靈楚人號女巫爲「靈子」。偃蹇兮姣服，不曰巫姣而曰服姣，是其撰詞之雅。芳菲菲兮滿堂。此則花香人香，一時並艷。五音紛兮繁會，樂之亂。君東皇欣欣兮樂康。與篇首「愉」字相應。

箋　人謂離騷無艷語，非通論也。騷從三百來，詩不云乎：「巧笑倩兮，美目盼兮」，又「胡然而天也，胡然而帝也」，皆風雅之極則。以宋廣平之鐵石心腸，梅花有賦；以陶靖節之甘貧石隱，猶賦閒情。文人之筆，何所不有？況此章屈子之用意尤深。蓋以姣巫之樂東皇，喻鄭袖之惑懷王也。故前不著一語迎神，後不著一語送神，突然而起，劃焉而住。爰於九歌第一章中即隱寓此意，以待千百後世明眼，以一發其覆也。王逸曰：「九歌之曲上陳事神之敬，下以見己之冤結，託之以風諫，故其文義不同，章句雜錯，而廣異義焉。」讀者當於言外求之。

何評　各章中大抵以神比君，有望君心之一悟，其妙處在不離不即之間。若必指定何人何事，失之遠矣。

雲中君

箋　春秋元命包曰：「陰陽聚爲雲。」雲師名屏翳。封禪書：「晉巫祀五帝、東君、雲中、司命。」

浴蘭湯兮沐芳，易通卦驗：「冬至，陽雲出箕，如樹木狀；立春，青陽雲出房，如積水；夏至，少陰雲如水波莘莘。」「浴蘭沐芳」者，蓋狀雲氣如花木之初出於水也。**華采衣兮若英**。叶。通卦驗：「立秋，濁雲出如赤繒。」史記：「齊雲如絳衣。」「華采」者，狀色之如繒如絳、若英如花也。靈雲中君。**連蜷兮既留**，連蜷，狀雲之連綿不斷。「既留」者，行將臨壇而享祭也。**爛昭昭兮未央**。謂光華爛縵，昭回於天也。

箋　九歌「靈」字有指巫言者，如上章「靈偃蹇兮姣服」是也；有指神言者，如此章及東君「靈之來兮蔽日」是也。亦若經言「美人」，可以比君，亦可以自喻。若如諸家泥説，則屈子名靈均，而稱君不可以名「靈修」矣。且東皇章舊詁既以「靈」字指神，而下文「君」字又何所指耶？

何評　從雲著想，見縹緲之致。一結亦是不忘君之意耳。

謇將憺安也。兮壽宮，爾雅：「壽星，角、亢也。」角、亢爲東方之宿，「壽宮」者，謂雲神朝起於角、亢之次，而憺安於壽星之舍也。與日月兮齊光。「齊光」者，即「卿雲爛兮，糺縵縵兮，日月光華，旦復旦兮」之意。龍駕兮帝服，龍駕，子華子：「雲，龍屬。」故能以龍爲駕。帝服，形容雲之彩色如帝服之絢爛也。荀子：「雲五彩成文。」葛洪曰：「雲五色爲慶，三色爲矞。」聊翺遊兮周章。周章，怔營貌。聊翺遊者，謂其行止不定，又將營營他往也。

靈皇皇兮既降，猋遠舉兮雲中。覽冀州兮有餘，橫四海兮焉窮。思夫君兮太息，極勞心兮𢥞𢥞。

箋　甫降倏舉，此借雲以比懷王之狂惑也。易曰：「雲行雨施。」夫雲之所以爲靈者，在乎膏我下土，其澤之所霑，望其沛冀一州而有餘，被四海而無窮也。今乃空具此密雲之勢，亦猶楚徒恃其有方城漢水之險，而不能養兵息民，惟務黷武。襄陵之役，圖得魏八邑，信張儀約從，伐秦絶齊，貪得商於六百里地，卒致被欺，兵連禍結。此屈子之所以有「思夫君兮太息，極勞心兮𢡺𢡺」之嘆也。

湘君

箋　洞庭君山上有湘妃墓，相傳爲堯之二女，舜南巡，溺於湘江而神遊於洞庭之淵。攷竹書，帝舜即位三十年，后育卒。后育者，娥皇也，葬於渭，娥皇無子。女英生均。舜崩後，隨子封於商，商有女英冢。則岳之湘君、湘夫人，非堯女也明矣。山海經：「洞庭之山，帝之二女居之。」郭璞注：「天帝之女。」羅長源曰：「此二女當爲舜之第三妃癸比氏所生宵明、燭光也。」按史記，始皇問「湘君何神」，其下對曰：「堯女舜妻。」則湘君、湘夫人又相傳爲堯女久矣，非宵明、燭光也。讀屈子所賦，殆湘水之神，楚俗之所祀者。然二篇亦皆自喻不得於其君之詞，非真詠二妃也。

君湘君。不行兮夷猶，蹇難行貌。誰留兮中洲？美要眇同「妙」。兮宜修，此指巫之容質既美，又善修飾而能降神也。沛吾主祭者自稱。乘兮桂舟。迎神之舟。令沅湘兮無波，使江水兮安流。恐其不來，祝其無阻也。

箋 開首便見是恍惚之詞。「中洲」句下應接「望夫君」二語，乃先插入「美要眇」四語，横空隔斷，以見巫之姣、舟之美、主人祭祀之誠。君之不行而夷猶者胡爲耶？既怪之，又疑之，使下文「望」字乃躍然而出。章法之妙，獨有千古。

望夫君兮未來，叶黎。王世貞曰：「日暮碧雲盡，佳人殊未來。」本此。吹參差參差，洞簫。舜樂。兮誰思？迎之不來，見其吹簫，不知其思誰也。

箋 此迎神未至之辭。

駕飛龍湘君所駕。兮北征，邅吾道兮洞庭。山海經：「洞庭之山，帝之二女居之。是常遊於澧沅瀟湘之淵。」此蓋設祭於洞庭，冀其邅道而臨於祭所也。薜荔帕舊訛「拍」。舟子抹額。兮蕙綢，袜帤。蓀橈兮蘭旌。此即前所乘之桂舟，遥見神既駕龍北征，恐其路過不及，於是又裝點舟子，加以橈旌，命其鼓櫂速發而迎之也。望涔陽涔陽浦在洞庭、大江之間。兮極浦，橫大江兮揚靈。

箋　「望」者，遥睇涔陽，雲氣蔽空，似神之威靈焱焱，早已飛揚江上矣。

正誤　靈指神之威靈，不指主祭者之精誠言。王逸謂「揚己精誠，冀感寤懷王使還己」，謬説也。

揚靈兮未極，極，至也。「未極」者，神在望而不降也。女嬋媛巫。兮爲余太息。橫流涕兮潺湲，隱思君兮陫側。猶悱惻。何評：「思君陫側」，一篇主意在此。後文「忠」、「信」，正與此句映發。

箋　已上皆鑿空幻想，其實湘君何曾留、何曾吹、何曾駕飛龍而揚靈耶？作者一肚皮幽憤無以發洩，特假此自寫其縹緲之思，以見求君之難耳。其寫神之不測處，真得鬼神之情狀矣。

桂櫂兮蘭枻，音屑。斲冰兮積雪。欲追不及，如斲冰於積雪中也。采薜荔兮水中，搴芙蓉兮木末。水中無薜荔，木末無芙蓉，喻求神之空往也。心不同兮媒喻太息女巫。勞，恩不甚兮輕絶。

辭鐙 此與湘夫人二章，皆離騷求女之意。「媒勞」二字，即離騷「媒拙」之意；求神自始至終不能一遇，即離騷高丘無女、閨中邃遠之義。

石瀨喻己。兮淺淺，叶箋。飛龍喻神。兮翩翩。交不忠兮何評：畧點正意。怨長，期不信兮告余以不閒。叶賢。二字婉而多風。

奚註 言石湍之水豈足容龍，以比事神之禮薄而神不降也，且興起下二句。蓋交神之道不肫誠，故怨長；期神之心不信確，故神亦告我以不閒。此反身自責之詞也。「石瀨」二句合上節，是比中又比。

鼂騁騖兮江皐，夕弭節兮北渚。鳥次兮屋上，水周兮堂下。叶。

箋　此追述前此迎神之誠敬也。鳥次水周，寫北渚幽潔而僻静，正享神祭祀之所。君胡爲不降，空令人作綢繆想也。

捐余玦兮江中，遺余佩兮澧浦。采芳洲兮杜若，將以遺兮下女。六臣注：下女喻賢臣。何評：不敢質言君，猶云「下執事」耳。

箋　玦佩，擬以贄見於湘君者。捐玦江中、遺佩澧浦，猶恐誠不上達，更采杜若以遺下女，冀其鑒微忱而上達也。

時不可兮再得，聊逍遥兮容與。上句失望之詞，下句聊以自解也。

箋　奈下女亦隨湘君去遠，不及遺，故曰「時不可兮再得」。「逍遥」「容與」者，悼湘君已往，尚冀夫人之降臨，姑少緩以待之也。

正誤　羅願爾雅翼以湘君爲神奇相死後之配，夫人即二女。按廣雅：「江神謂之奇相。」蜀檮杌：「奇相震蒙氏女，竊黄帝玄珠，泛江而死爲神。」則奇相亦女子也，焉得爲湘君之配？此荒誕之説也。

玉麐　按九歌湘君、湘夫人自是二神。江湘之有夫人，猶河洛之有虙妃也。此之爲靈，與天帝並矣，安得謂之堯女，且既謂之堯女，安得總云湘君哉？何以攷之？禮記曰：「舜葬蒼梧，二妃不從。」明二妃生不從征，死不從葬，義可知矣。即令從之，二妃靈達，鑒通無方，尚能以鳥工龍裳救井廩之難，豈尚不能自免於風波而有沉淪之患乎？假復如此，傳曰：「生爲上公，死爲貴神。」禮：「五嶽視三公，四瀆視諸侯。」今湘川不及四瀆，無秩於命祀。而二女帝者之后，配靈神示，無緣復下降小女而爲夫人也。參互其義，義既混錯；錯綜其理，理無可據。斯不然矣，原其致謬之由，由乎俱以帝女爲名，名實相亂，莫矯其失。習非勝是，終古不寤，悲夫。

何評　二篇情致風華婉曲動人，大意亦寓思君之旨。曰「望夫君」、「思公子」，皆以託諷；其稱「余」處，乃托主祭者之言以自比也。首尾俱見丰姿秀絶。

湘夫人

何評　首言「帝子」，猶呼織女爲「天孫」耳。後言「九疑」，亦謂與湘水近，故曾無娥皇、女英之説。齊東野人語，不足辨也。

帝子夫人帝女，故曰「帝子」。降兮北渚，頂前篇「夕弭節」句來。目眇眇兮愁予。叶與。「目眇眇」三字寫帝子降如見。嫋嫋兮秋風，洞庭波兮木葉下。叶。何評：起筆縹緲，神情欲活。

箋 二妃同時並祀，湘君既揚靈不顧不應，帝子獨降此，故爲恍惚之筆，以起下文無端之幻想也。眇眇愁予，望之但覺嫋嫋；然搖曳而來者，心疑其爲帝子降而特非也。蓋洞庭風起波生而飄木葉也。

登白蘋兮騁望，與佳指帝子。期約也。兮夕張。叶去。陳設帷幄也。鳥何萃兮蘋中，罾何爲兮木上？

箋 蘋上豈能騁望？登蘋而望，悉屬空中設想。且妄思盛設帷幄，欲與帝子盟訂夕約，豈非鳥萃蘋中、罾掛木上，空作營巢獲魚之想？此自嘲自解之辭。

沅有芷兮澧有蘭，思公子詩：「爲公子裳。」謂女公子，故帝子亦稱「公子」。兮未敢言。叶顏。恍惚兮遠望，觀流水兮潺湲。

箋　此又設言公子若來，沅則有芷矣，澧則有蘭矣。芳香之薦，豈無足以當公子之一眄耶？然思而不敢言者，特恐未必肯來，徒作惠然之想。怳惚遠望，惟有觀渚水之潺湲而已。

麋同「麛」。何食兮庭中，蛟何爲兮水裔？水涯。朝馳余馬兮江皋，夕濟兮西澨。

箋　庭中何曾有麋，水裔何曾是蛟？皆從上「怳惚」二字生出。心中幻想，遂眼若有見麋食蛟來，疑神見鬼，怳似夫人之騶從已至，故朝馳馬於江皋而迎之，夕泛舟於西澨而速之也。

評註　此望中所見。庭中忽有麋，水裔忽有蛟，疑夫人之將降也。江皋、西澨，求之於此，而復求之於彼也。

蔣註　思而不敢言，幾絶望矣。麋來庭中，蛟出水裔，比神意又似與人相親者，以起下佳人召予之意。欲親之則遠引，絶望矣而忽來，蓋美人之情狀也。

聞佳人尊之曰「帝子」，親之曰「公子」，美之曰「佳人」。兮召余，將騰駕兮偕逝。憑空造謊，奇甚。

箋　「將騰」「偕逝」，謂夫人將邀湘君偕逝而臨於夕張之所也。佳人一召，業已喜出望外；又聞與湘君偕逝，更夢想所不及。前是眼中幻像，此乃耳中空音。一「聞」字，一「將」字，全於空中著色。

築室兮水中，葺之兮荷芙蕖。蓋。二語總冒，貫下。

箋　此因聞湘君有「偕逝」之語，故於夕張之地又相地築室，加意修飾，以冀其降臨也。

蓀壁兮紫壇，匊古「播」字。芳椒兮盈堂。桂棟兮蘭橑，音老。辛夷楣兮葯房。罔同「網」。薜荔兮爲帷，擗蕙櫋兮既張。白玉兮爲鎮，同「瑱」。疏石蘭兮爲芳。芷葺兮荷薄荷。屋，繚之兮杜衡。合百草兮實庭，建芳馨兮廡門。二語總束，結上。

箋　已上備極芳香幽潔，意湘君與夫人憐其竭誠盡致，必騰駕而至矣。其鋪叙衆芳處凡十二種，其説玉處只一句，蓋借玉自比，而以衆芳喻平昔所樹滋之蘭蕙與留夷揭車等，欲共聚之於一堂也。有此衆芳築室，何患君不三后、臣不皋夔？明良喜起，不難再見於今日矣。

何評 比也。全用芳草點綴生情，亦取衆芳之喻也。

九嶷繽狀巫舞之衣繽紛五彩，如九嶷之雲也。兮並迎，意其將降，故帥羣巫而迎之也。靈之來兮如雲。

箋 曰「如」者，則所見乃雲非靈，蓋由心中幻想，眼花亂飛，遂真以爲二妃降矣。楚詞凡説雲處皆曰「九嶷」，漢郊祀歌亦然，不必泥舜説。

評註 此二語正言神之降也，皆從荒忽之中，摹擬如此。離騷「九疑繽其並迎」，明言神降，何於此獨言迎之以去？總緣諸解以神不見答，況原之不得於君，故曲爲之辭。竊以爲未安也。

捐予袂兮江中，遺予褋兮澧浦。搴汀洲兮杜若，將以遺兮遠者。叶渚。詞意特以重複見奇。

箋 捐袂遺褋，報夫人之美召及邀湘君偕逝之德也。「遠者」指隨從二妃之下女，勞其遠來也。皆意中虛擬之詞。

何評　如雲之從，尚思遠者，求賢如不及之意，於此可見。

時不可兮驟得，聊逍遥兮容與。

箋　前章「時不可再得」，惜之也；此章「時不可驟得」，幸之也。前所不可得者，今幸而驟得之矣。逍遥容與，則祝其少留而勿去也。與前湘君章詞若重複，意實迥别。一篇水月鏡花文字，使後世讀者從何摸索？

淪註　近有集解云：湘君一篇，即湘君召夫人者也。夫人一篇，則夫人答湘君者也。前以男召女，故稱女、稱下女；後以女答男，故稱帝子、稱公子、稱遠者。其中或稱君、或稱佳人、或稱夫君，則彼此相謂之辭也。以男遺女，則有玦有珮，此男子之所有事也。以女遺男，故有袂有褋，此女子之所有事也。其於彼此酬答之際，一一相應。

大司命

箋　周禮大宗伯有司命之祀。星傳曰：「中宫三台星，上台曰司命，主壽。」前湘君、湘夫人兩篇，章法蟬遞而下，分之爲兩篇，合之實一篇也。此篇大司命與少司命兩篇並序，則合傳體也。

廣開兮天門，太極垣九門，曰端門、左掖、東華、東中華、太陽、右掖、西華、西中華、太陰。紛吾大司命自謂。椉兮玄雲。令飄風兮先驅，使涷音東。雨兮灑塵。君指少司命。回翔兮以下，叶。少司命在紫微垣文昌宮。回翔以下者，謂從文昌宮而下也。踰空桑兮從女。桑乃箕星之精，東方七宿之一。「踰」者，歷箕津而下臨祭所也。從女，神降於巫身也。紛總總指九州之衆。兮九州，何壽夭兮在予？叶。言與少司命同治九州，生命不專在予一人也。

箋 下章明明有「吾與君兮齊速」語，則知此「君」字斷指少司命無疑。空桑，人皆誤作山名，玩大招有「魂乎歸來，定空桑只」，注：空桑，琴瑟名。又豈可以作山名解耶？

高飛兮安翔，瞬降即逝，蓋道帝心急，不敢久留人間也。椉清氣兮御陰陽。吾大司命自謂。與君少司命。兮齊速，道帝之兮九阬。音坑，叶岡。

箋　斗爲帝車，運行天上。九阬，九宫也。三台司命隨車運轉，飛歷九宫，宣道帝命而施福善禍淫之政焉。天上九宫，應地下九州，故曰九阬。齊速，有感必應，無所留滯也。

靈衣兮被被，披。玉佩兮陸離。一陰兮一陽，衆莫知兮予所爲。已上皆大司命之語。

箋　靈衣玉佩，道帝之服，此神將道帝他往。一陰一陽者，言人之壽命莫不本乎陰陽，我雖主之，亦惟有順帝之命，代天宣化耳，何能與造物分其權，故曰「衆莫知予所爲」。此臨去諭祭者之無益也。

折疏麻兮瑶華，將以遺兮離居。老冉冉兮既極，不寖近兮愈疏。以下皆主祭者之詞。疏麻喻芳，離居寓君。只此四語，露思君正意。

箋　此留神之語。疏麻、瑶華，皆極難購之品。「將以遺」者，言别離在即，囑其少爲居此，以待其從容而往折也。「老冉冉」者，悼光陰易過，恐一去而欲遺無從，若不及君之降臨一寖近君，則我之疏君愈甚矣。

乘龍兮轔轔，高駝兮冲天。叶。結桂枝兮延竚，羌愈思兮愁人。

箋　此悵神去太疾，不及待其折疏麻、瑶華矣。結桂延竚，是於急不待緩之時，又思所以暫挽之術，無如高駝冲天，留既不能，贈又不及，所以愈思而愈愁也。

愁人兮奈何，願若今兮無虧。固人命兮有當，孰離合兮可爲？發蒙：此自慰之詞。人能盡性立命，則冥漠無權。按此即「殀壽不貳，修身以俟之」之意，結出大旨。

箋　此從無可奈何中想出一解愁之方，並以釋不寖近而愈疏之惑。「唯昭質未虧」，前大夫已言之矣；此又曰「無虧」者，益加自勉也。語云：「不知命，無以爲君子也。」莊子曰：「知其不可而安之若命。」屈子亦惟自盡其所當然而已。離之未必遽殀，合之未必能壽也。況司命「陰陽」之語，已寓有命在；而「有當」之説，原於生死之際，固已早了然於心矣。注家紛紛泥「壽殀」之説，失其旨矣。

少司命

箋 史記天官書：文昌六星，在斗魁前四曰司命。晉書天文志：三台六星，兩兩而居。西近文昌二星曰上台，爲司命。朱子以上台爲大司命，第四星爲少司命。

穐蘭兮興神突然而起。蘪蕪，羅生兮堂下。叶。祀神之堂。**緑葉兮素枝，芳菲菲兮襲予。**叶。巫自謂芳菲襲人，興神之將降。**夫人兮自有美子，**才四切，與「字育」之「字」同。誠能感神，自蒙福祐。**蓀蓀亦芳草。何以兮愁苦？**「愁」字遥接前篇「羌愈思愁人」句來。此巫慰主祭者之詞。

箋 自有美子，即人各有命在之意。秋蘭蘪蕪生於堂下，亦各有命。其芳菲襲人者，得天全也。蓀何以兮愁苦，則所遇有幸有不幸，要知亦由命也。少司命篇不言命，然開首數語却句句是言命。

正誤 環濟要畧：「子猶孳也。恤下之稱。」註家將「美子」二字作子孫講，且謂少司命主人子孫，何荒誕穿鑿之甚！

穐蘭兮青青，緑葉兮紫莖。滿堂兮美人，喻神。忽獨與余兮目成。以下皆巫語。

箋 此以蘭與神作指點語也。原之愁苦，非愁壽夭，愁姱修不見荅於君也。故巫即以堂下之芳譬曉之，言以爾之視，堂下青青者蘭也，緑葉紫莖者蘼蕪也；然以我觀之，則滿堂皆美人也。「忽獨」者，見神於衆芳中獨與余顧盼，而以目定情。此固有命在焉。

入不言兮出不辭，乘回風兮載雲旗。此怪之之詞。既與目成，莫逆於心，自不應入不言而出不辭矣。今既乘風載雲，則是神將去矣。雖有目成之好，其如不能久何？甚言君不可恃之意。

悲莫悲兮生別離，樂莫樂兮新相知。此悵神欲去，而作別離之感也。新知之樂，目成也。

荷衣兮蕙帶，儵而來兮忽而逝。夕宿兮帝郊，君誰須兮雲之際。

箋 此又疑之之詞。以司命之尊，則當靈衣玉珮，不應荷衣蕙帶而效姱修者之服。豈神亦愛芳，與「製芰荷爲衣、集芙蓉爲裳」者有同心之好耶？不然，胡爲儵來又逝，且不逕逝，復宿於帝郊，須乎雲際，默窺君意，豈憐其抑鬱失所而然歟？抑哀其老冉冉而然歟？雖然，感君回翔天門，遠踰空桑，目成一盻，依依不捨，我其何以報君耶？

與女沐兮咸池，咸池，三星在天潢内日浴處。晞女髮兮陽之阿。二語根「夕宿」句來。宿起必沐首理髮。望美人兮未徠，臨風怳兮浩歌。大聲長歌。

箋 上二囑其少留，欲致其慇懃之意；下二送神之詞。

孔蓋兮翠旍，此即所歌之歌。登九天兮撫彗星。祝其鋤奸誅佞。慫長劍兮擁護。幼艾，幼，少者。艾，老者。「慫長劍」者，諷懷王太阿在握，柄不下移也。荃獨宜兮爲民正。叶。正，方直不曲之謂。「獨宜」者，謂兩司命能造人之命，而又能衛人之生也。

箋 撫彗慫劍，蓋指文昌六星中有曰上將、次將，神皆威武而能除殘去暴者，故歌中及之耳。

發蒙 兩司命措語各有分寸。前大司命猶有「人命壽夭」四字點題；此則絶無一字及命，而究其所以然，莫非命也。詞意超脱之甚。

何評 用意在「爲民正」處。以秋蘭興芳潔，全用比興意。詞意縹緲，芳艷絶倫。結處三句正説，全意俱醒。

玉麐 案大司命曰「何壽夭兮在子」，王逸少司命注曰：「言司命擁護萬民，長少使各得其命。」

蓋並指三台上台二星之司命言。

東君

箋 祀日神也。禮：「天子朝日於東門之外。」又曰：「王宮，祭日也。」

暾朝曦。將出兮東方，照吾主祭自謂。檻兮扶桑。撫余指東君言。馬羲馭。兮安驅，夜皎皎兮既明。叶。

箋 此特形容主祭者之誠。祀日，大典也，主人不可不夙興從事，仍恐不及，故潔晨先起，陳設祭品，部署女樂，各事齊，備冠帶以俟。無如遲之又久，而天尚未明，於是遂有將出之逆，計照檻之遥度。「安驅」者，似怪羲馭之故爲此緩緩也。末句點出「夜」字，始知猶是夜中也。皎皎既明，還作夢中想也。

駕龍輈兮乘雷，叶黎。山東日照縣五鼓日出，水聲如雷。載雲旗兮委蛇。叶移。此時日輪將上，已見霞光燦爛如旌旂，閃閃於海上矣。長太息兮將上，心低徊兮顧懷。「太息」者，嘆其神靈不測。「低徊」者，念我生如寄，不及日馭在天，萬古如斯。二語寫出萬古之人心思感慨也。

箋　讀漢郊祀歌：「日出入安窮，時世不與人同。故春非我春，夏非我夏，秋非我秋，冬非我冬。泊如四海之池，遍觀是耶謂何。」則人固不能不低徊而顧懷矣。

羌聲色兮娱人，觀者憺兮忘歸。

箋　此時日馭已升，主人肅穆迎神於是。諸樂並作，諸巫並舞。不曰「娱神」而曰「娱人」者，神遠人近，觀人之娱則神之娱可知矣。「憺兮忘歸」者，正以見其樂之盛而巫之艷也。

絚瑟兮交鼓，簫鐘兮瑶簴。鳴䶵即箎。兮吹竽，思靈保靈保，巫之盤旋極情盡致，似有神靈附之而舞也。兮賢姱。叶。翾飛兮翠曾，同「翶」。「翾飛翠曾」四字寫巫舞入妙。展詩兮會舞。應律兮合節，靈之來兮蔽日。

箋　靈謂鬱儀，主日之神。日體在天不臨祭，其神降，故曰靈。「蔽日」者，謂其騶從如雲，而日光若反爲之蔽也。

青雲衣兮白霓裳，舉長矢兮射天狼。此時神既畢享，日輪西墜，天狼一星在東井南，日光反照，鋒芒萬仞，如射之者然。操余弧兮反淪降，叶。援北斗兮酌桂漿。撰余轡兮高馳翔，杳冥冥兮以東行。叶。

箋　日甫落而北斗先見，「酌桂漿」者蓋祭者寅餞納日之義，欲援北斗而酌桂漿以獻之也。「撰余轡」者，東君既享其獻，撰轡而入虞淵。「杳冥冥」者，繞地一週，東行又將復旦也。天狼，喻秦。東行，願君之明如日月之光華在天也。通篇只二語見正意。

河伯

箋　竹書：「夏帝芬十六年，洛伯用與河伯馮夷鬭。」則河、洛二伯乃夏時諸侯，從禹治水有功，故封河伯於河，封洛伯於洛。没爲水神，後人祀之，稱爲河伯云。屈子此篇，蓋以河伯比當時賢士隱於河上如甘盤者，欲求其出而與之共事楚而不得之作也。故開首即云「與女遊兮九河」，乃親而暱之之詞。何西仲乃謂楚越境祭神，涉於諂瀆；而蘇嶺又以爲祀權星。紛紛妄説，何後世高叟之多也！

與女指河伯言。遊兮九河，衝口而出，極寫欲見情迫。九河，河伯日遊之地：徒駭、太史、馬頰、復鬴、胡蘇、簡、潔、鉤盤、鬲津也。衝風逆風。起兮橫波。出門便遇風阻，見不得與遊之兆。乘水車兮荷蓋，迎神之舟。駕兩龍兮驂螭。叶丑歌反。迎神之車，風波既不可涉，故捨舟而從陸也。

登崑崙兮四望，崑崙爲九河發源，意即河伯之所棲，故欲登崑崙而求之。「四望」者，登山絶頂而覓其所居也。心飛揚兮浩蕩。乃一望無際，惟見高山峻嶺，穹窿極天。「飛揚浩蕩」，既以自喜，喜其境地開濶，眼界爲之一空；又復自悲，悲其浩蕩無際，不知神之所在也。四字寫盡「望」字神理。日將暮兮悵忘歸，惟極浦兮寤懷。

箋　言捨此崑崙，別無他處可求。於是極其心思目力，望之遲之又久，不覺日暮，悵然忘歸，因迴思河伯究係水神，求之者仍當於水際求之。極浦，浦之絶遠者。意神必僻居於此，或可一與之瘖懷也。

魚鱗屋兮龍堂，叶同。紫貝闕兮朱宮。靈何爲兮水中？

箋 此既遥見其屋，又遥見其闕矣。是真河伯之居也。靈何爲兮水中，訝之之詞。欲就見而不得，空有伊人宛在之思。

乘白黿兮逐文魚，叶，上。與女遊兮河之渚，流澌紛兮將來下。叶。

箋 靈在水中，既不得見，極欲與遊，非乘黿逐魚，遡洄以從之不可也。流澌紛下，則黿既不得乘而魚又不能逐矣。總寫欲見不得之意。

子交手兮東行，送美人稱「子」，尊之也。「美人」，親之也。兮南浦。大河之南，故云南浦。波海波。滔滔兮來迎，魚隣隣兮媵予。

箋 海若知河伯將避世蹈海，故使海波來迎。「交手」者，言甫得識子之居，乘黿逐魚，何難登子之堂、造子之宮，與子一執手而訂遊渚之約？乃甫交手而子東行，雖然，子自此遠矣，予豈能忘情於子哉？送君南浦，惟見迎子者尚有滔滔之波，隨予者空有剩逐之魚。所謂「蒹葭蒼蒼」者，豈不滿目凄凉耶？

山鬼

箋 此屈子被放，山中寂寥，自寫幽懷。豈真爲祀鬼設耶？然寫鬼之求悦人及鬼之歸來山中，詼諧世故不少。

騷辯 吴楚俗祀鬼，巫祝欵神謂之華筵，祀神之餘爰及鬼物，以報歲功，本古蜡祭所謂「合聚萬物而索饗之」也。

若有人兮山之阿，被薜荔兮帶女羅。既含睇兮又宜笑，子慕予兮善窈窕。子，厲壇主祭之公子。不曰「設食賑孤」而曰「慕予」，蓋自裝體面之辭。

箋 天下豈真有鬼邪？ 吾不得而知也。天下豈真無鬼邪？ 吾不得而知也。今屈子曰「若有人」，則是有鬼矣。鬼豈真有被薜荔而帶女羅者耶？ 豈真有含睇而宜笑者耶？ 屈子既言之鑿鑿，吾亦姑從屈子説鬼。山之陰僻處曰阿。含睇，微眄也。宜笑，巧笑也。鬼寂寞無聊，恨無知己，忽聞有以飲食享之者，不覺自負其美曰：「予亦善爲此窈窕也。」甘言悦人，蓋欲急圖哺餟耳。

乘赤豹兮從文貍，辛夷車兮結桂旗。被石蘭兮帶杜蘅，折芳馨兮遺所思。

箋 此形容山鬼出山遠赴賓筵，躊躕莫措。始則慮徒步難行，必須騶從，於是有赤豹、文貍之選；繼又患前驅之無車，且引導之無旗，於是有辛夷、桂蕊之結；復而顧影自憐，嫌薜荔、女羅之粗野有腆顔面，於是衣以石蘭，帶則束以杜蘅。車騎既盛，被帶又都，且含睇宜笑，猶恐人之不悦己也。於是更廣折芳馨，搜羅土物，以爲獻媚資。嗟乎！ 以裝束佩帶之如此，禮物芳馨之如彼，孰猶有謂之爲鬼者乎？

余處幽篁兮終不見天，路險難兮獨後來。叶。

箋　此又恐公子怪其來遲，因自白其所處之幽暨山路之險，以釋其獨後之嫌也。

表獨立兮山之上，「表」者，巫立以招魂之旛竿也。晉語：「置蕝，設望表。」註謂「立木以爲表」。此山鬼在途遥望之詞。雲容容兮而在下。叶。杳冥冥兮羌晝晦，東風飄飄兮神靈雨。寫鬼景亦妙。

箋　杳冥、晝晦，見羣鬼受祀，至已久矣。「神靈雨」者，鬼之精靈聚而雨作也。

留靈靈壇。修修其祀事。猶「修禊」之「修」。兮憺忘歸，評註：此爲山鬼享祭正文。歲既晏兮孰華予。叶。

箋　留，謂留連祭所，與諸鬼修燕飲之樂。「憺忘歸」妙，有恣其所啖之意。華予，謂臈歲既終，除此一享之外，孰再有張筵而食我者？此贊公子之賢也。

正誤　王逸謂「靈修」爲懷王，是誤將二字連讀矣。

彙訂　言鬼於風雨晦冥中見歌舞音樂之盛，留連不去，憺然忘歸。既又自思歲云暮矣，我獨後來，不獲饜飫，今我若歸山，孰有再設此筵以光寵予者乎？冀望而不敢必也。

采三秀芝也。兮於山間，石磊磊兮葛蔓蔓。見采之之難。怨公子兮悵忘歸，忘歸山阿也。君思我兮不得閒。

箋　此山鬼歸後自述其怨思也。「采三秀」者，冀其復召，將以復遺之也。不意荏冉一載，歲臘又盡而舊典不舉，使我獨坐空山，綣懷無已，能不怨公子之薄待我乎？既而思之，君非薄情人也，或君有他故，心雖思我而不得閒也。既怨之，復諒之，狀鬼之聲情獨絶。

正誤　公子指主祭者。王逸作公子椒，六臣及後儒從之，誤也。

山中人鬼自謂。兮芳杜若，飲石泉兮蔭松柏，叶博。君思我兮然疑作。

箋　此山鬼自負其品之清高、行之芳潔。其所餐者杜若，飲者石泉，蔭者松栢，豈真屑人間之瀆祀耶？然疑作，言君非真知我者，胡然既信之又疑之，徒有慕予之虛名，反藐予爲山中人，足以見子塵俗之心矣。

靁填填兮雨冥冥，猨啾啾兮狖夜鳴。風颯颯兮木蕭蕭，叶搜。較「東風飄飄神靈雨」更淒慘，能不令四山鬼啼？思公子兮徒離憂。

箋　此鬼歸宿山阿，自慰而自解也。雷雨之際，猨啾狖鳴，風木蕭蕭，在人爲苦，在鬼爲樂。何也？蓋天下極樂之事，未有不變而爲淒慘者。即如子之慕予，予之悦子，皆一時情意相感，豈不可樂？及事過情遷，依然爾爲爾，我爲我，豈能時時相聚耶？徒離憂，自悔之詞。按外傳稱原棲玉笥山作九歌，托以風諫。至山鬼篇成，四山忽啾啾若啼嘯，聲聞十里，異哉！文到至性中流出，固能動天地而感鬼神，豈尋常筆墨所能及哉？

騷辯　鬼居常祀之末，即今郡厲壇春秋設祭，祀土穀正神之餘，遍及無主羣厲。舊時樂歌止泛列祀鬼一章，合前祀神八章，故有九歌之目。其所以有十一篇者，蓋於祀鬼一章中特分山鬼、國殤、禮魂三項。大夫自寫其胸中之寄托耳。

國殤

箋　殤謂死國事者。小爾雅曰：「無主之鬼謂之殤。」

辭鐙　懷王時秦敗屈匄，復敗唐昧，又殺景缺。大約戰士多死於秦。檀弓謂「死而不弔者三」，「畏」居一焉。莊子：「戰而死者，葬不以翣。」皆以無勇爲耻也。故三閭極力描寫，不但以慰死魂，亦以作士氣、張國威也。

操吳戈兮被犀甲，騎兵。車錯轂兮短兵接。叶匝。步卒。旌蔽日兮敵若雲，形容敵兵之多。矢交兼敵兵言。墜兮士争先。叶詢。

凌予陣兮躐予行，叶。形容敵兵之猛。左驂殪兮右刃傷。我兵。霾兩輪兮縶四馬，叶。戰敗不退，示以必死。援玉枹兮擊鳴鼓。指督戰者。朱可亭曰：於敗北中寫出生氣，覺長吉「霜重鼓聲不起」未免衰颯。天時懟兮威靈怒，言敵之强暴，天皆爲之震怒也。嚴殺盡兮棄原壄。叶。天懟神怒之故。

出不入兮往不反，平原忽兮路超遠。辭鐙：追言始戰之時，只知有進無退，不知去國之遠，而死於此地也。帶長劍兮挾秦弓，叶裩。首雖離兮心不懲。生氣不泯，猶賈餘勇。

發蒙　筆致雄毅，適與題稱。得「出不入」句一宕，局勢寬而不促。

誠既勇兮又以武，終剛强兮不可凌。身既死兮神以靈，魂魄毅兮爲鬼雄。叶形。

人死心不死，當爲鬼雄，以殺賊也。

箋 「誠既勇」以下，祭者贊嘆之詞，以明所以設祀之意也。

禮魂

箋 招魂而祀之曰「禮」，非僅禮善終者之詞。

盛禮備其祭祀之禮。兮會鼓，會衆巫而鼓。傳芭兮代舞，衆巫相代而舞。姱女倡兮容與。春蘭兮秋菊，即所傳之芭。長無絶兮終古。

聽直 禮魂却無一語及魂，但曰蘭菊無絶。善佩芳者，蘭菊即其魂也。

辭鐙 此承上國殤而作。國殤通篇絶不言致祭一字，以其棄原壄無主，殯殮不能成禮，拜獻歌舞不足道也。上稱其武勇剛强，忘身爲國，已足慰其靈於地下。禮魂但言致祭娱魂，絶不言生前行實一字，以其生前無行可稱，故其不同如此。「長無絶乎終古」句，雖指世世長享其祭，亦因楚師屢敗於秦，欲自此以往，不復用兵，使民得送死爲幸也。

評註 無絶終古，屈子蓋憂楚之不祀而致意於篇終云爾。

屈辭精義卷之六

江都陳本禮箋訂

遠遊

發明　此截離騷「遠逝」以下諸章，衍爲此詞，爲後世遊仙之祖。自「悲時俗」起，至「焉所程」止，乃遠遊賦序。先序其欲求仙之故，蓋不求仙則不得聞至道，既聞道遂能煉精成氣，煉氣成神，載營魄而上征，以遂其遠遊之志。中間幻託神遊以展其勢。至「臨睨舊鄉、僕夫懷、余心悲」，依然離騷機局，特變其格而又生出「經營四方、周流六漠」一段，以暢其未發之旨，皆寓言也。其實文中扼要，只「内惟省以端操，求正氣之所由」，乃一篇大旨。其曰「飡六氣」，即飡此氣；「審壹氣」，即審此氣；即孟子所謂至大至剛、直塞於天地浩然之氣。故能上天入地而與泰初爲鄰者，皆恃有此氣也。讀者泥於求仙之説，失其旨矣。

外傳　載原晚益憤懣，披蓁茹草，混同鳥獸，不交世務，采栢實，和桂膏，歌遠遊之章，託遊仙以自適。又有「王逼逐之」等語。按此則此篇作於晚年，亦欲託於世外矣。奈王逼逐之，遂于五月五日沈於汨羅。蓋屈子有不得不死之故，朱子譏其爲忠之過，其論苛矣。

悲時俗之迫阨兮，願輕舉而遠遊。質菲薄而無因兮，焉託乘而上浮。發端四語，全文已攝，深悲極痛之辭。

遭沈濁而汚穢兮，獨鬱結其誰語？夜耿耿而不寐兮，魂營營而達曙。質、魂遞舉，以起下文。

惟天地之無窮兮，哀人生之長勤。往者余弗及兮，生不逢堯與舜禪。來者吾不聞。

箋 陳子昂登幽州臺歌：「前不見古人，後不見來者。念天地之悠悠，獨愴然而涕下。」從此化出。

步徙倚而遥思兮，怊惝怳而永懷。叶。意荒忽而流蕩兮，心愁悽而增悲。此又由意及心。

神儵忽而不返兮，大限有盡。形枯槁而獨留。内惟省以端操兮，求正氣之所由。

箋　然後序出神來，即趁手補出形與氣。有形氣方能存神，形氣乃神之根本。「端操」者，國有道不變塞焉，國無道至死不變，所謂「操」也。正氣，浩然之氣，伏後「餐氣」、「審氣」二語，乃修仙要旨。

漠虛靜以恬愉兮，澹無爲而自得。聞赤松神農時雨師，服水玉得仙。之清塵兮，願承風乎遺則。

貴真人之休德兮，美往世之登仙。與化去謂形蛻尸解。而不見兮，聲名著而日延。

箋　莊子：「古之真人，不知悅生，不知惡死，不以心捐道，不以人助天，是之謂真人。」

奇傅說之託辰星兮，莊子：「傅說得之，以相武丁，奄有天下。乘東維，騎箕尾，而比於列星。」羨韓衆即韓終，齊人，服菖蒲得仙。之得一。老子：「天得一以清，地得一以寧，神得一以靈。」形穆穆以浸遠兮，離人羣而遁逸。

因氣變而遂曾舉兮，忽神奔而鬼怪。時髣髴以遥見兮，精皎皎以往來。叶賚。

箋　承上「形遠遯逸」來。言得一之靈，煉氣化神，遂能曾舉而遠遊矣。神奔鬼怪，指上傳說、韓衆，言其變現莫測。「精皎皎以往來」者，如朝遊北海暮蒼梧，人惟於髣髴中遥見之耳。

超氛埃而淑善。郵傳舍。神仙往來洞府名勝之地。兮，終不返其故都。免衆患而不懼兮，世莫知其所如。

箋　終不返其故都，此正憤激之辭，卻託之於仙，覺後來丁令威之感「城郭如故人民非」，猶爲多事。

恐天時之代序兮，曜靈曅而西征。微霜降而下淪兮，悼芳草之先蘦。

箋　即「日月忽其不掩兮，春與秋其代序」之意。

聊仿佯而逍遥兮，永歷年而無成。自悼歲月虛度，志無所成。誰可與玩斯遺芳兮，長鄉風而舒情。爲遠遊計也。高陽邈以遠兮，余將焉所程？法也。此遠遊之根，通篇著意在此。

箋　忽然溯及高陽。高陽爲楚之先帝，惜今邈矣。焉所程，痛楚後世子孫不得取以爲法也。

已上乃遠遊賦序。

重曰：　鄭重言之，以別序文。春秋忽其不淹兮①，奚久留此故居？軒轅黄帝鼎湖上升，羣臣攀龍髯而上。不可攀援兮，吾將從王喬周靈王太子晉遇浮丘公，仙去。而娱戲。叶嬉。

【校勘記】

① 淹，原作「掩」，據端平本楚辭集註改。

玉麐　按劉向列仙傳云，考周靈王三十三年，穀洛鬭，太子晉諫壅川，是亦賢王子也。汲冢周書云：「王子晉謂師曠曰：『吾後三年上賓於帝所。』師曠歸未及三年，告死者至。」據此，則非仙去明矣。焦竑云：「裴秀冀州記緱氏仙人廟者，昔王僑爲栢人令，於此登仙，世遂誤以王僑爲王子喬也。」後漢書王喬傳云：「喬河東人，顯宗時爲葉令。」並載飛舄舃事。蔡中郎碑云：「王子喬者，上世之真人也。」諸説不同，何列仙傳中多王喬耶？固知史傳亦不足憑。

餐六氣謂四時及子午二時之氣。而飲沆瀣金莖露氣。兮，漱正陽而含朝霞。叶胡。南方日中氣。保神明之清澄兮，精氣入而麤穢除。精、氣、神三者，乃修真要訣。

蔣註 人之神明本自清澄，而不能不淆於後天昏濁之氣。故必取天地之精氣以自益①，而麄穢自消，神明所以能保。

【校勘記】

① 必取，原作「必必取」，據山帶閣注楚辭改。

順凱風以從遊兮，至南巢今廬州府巢縣有金庭山王喬洞，王子升仙之所。而壹息。暫憩也。見王子而宿同肅。之兮，審訊問也。壹氣之和德。

蔣註 外氣既入，内德自成，所謂六氣者，凝煉而爲一氣矣。然必得所養而後能和。

曰：王子之言。道養氣之道。可受心受。兮，而不可傳。言傳。其小無内兮，其大無垠。小無内，卷之則退藏於密；大無垠，放之則彌六合。毋滑亂。而汝。魂兮，彼指魂。將自然。自然則虛矣。壹氣孔神兮，氣一則神。於中夜存。老子：「玄牝之門，是謂天地根。緜緜若存，用之不勤。」虛以待之兮，無爲之先。庶類以成兮，此德之門。已上王喬之言。

箋 已上三章，傳然先一韻，垠魂存門一韻，皆隔句叶。玩王喬語，有似廣成授黄帝之言，丹經秘訣，數語括盡。

聞至貴而遂徂兮，秘術既得，思覓煉質煉形之地。忽乎吾將行。叶。仍羽人於丹丘兮，將欲他往，忽復返顧。留不死之舊鄉。王子所居。朝濯髮於湯暘。谷兮，夕晞余身於九陽。扶木一日居上枝，九日居下枝。夕晞，謂夕陽倒射，低照於西也。吸飛泉瀑布。之微液兮，懷琬琰之華英。叶。山海經：「稷澤多白玉，有玉膏，黄帝是食是餐。」玉色頩丙。淺赤色。以脕澤。顔兮，精純粹而始壯。質銷鑠凡質盡也。以汋約兮，莊子：「姑射之神，肌膚若冰雪，綽約若處子。」神要眇以淫放。逍遥遊也。

蔣註 上文王子所授皆内養之事，此又以採服爲言者，蓋一氣之和德，固已心解力行矣，然其氣不盛則無以厚養之之本，故益取天地萬物之精，以充其氣而大其養。

嘉南州之炎德兮，麗桂樹之冬榮。叶縈。山蕭條而無獸兮，野寂漠其無人。

箋 南州，即南巢山。無獸，則無虎狼可知。野無人，則雞犬不聞可知。且滿山桂樹冬榮，真仙靈之窟宅也。

載營同「熒」。魄而登霞同「遐」。兮，掩浮雲而上征。命天閽其開關兮，排閶闔而望予。陰魄既煉爲晶熒之神，乘氣上昇，所謂「精皎皎以往來」也。

箋 發軔之初，先遊天上。一「排」字，見得道之人聲口便自不同。「望」者，諭其早排閶闔，勿似曩之「倚而望予」也。

召豐隆使先導兮，問太微天帝南宮。之所居。集重陽帝之宸居。入帝宮兮，造旬始星名，在北斗旁。而觀清都。中宮太一之居。朝發軔於太儀天帝之庭。兮，夕始臨乎微閭。即醫無閭。東北幽州山。

箋　召豐隆先導者，取其迅速無阻也。問太微，集重陽，謁上帝之宮，造旬始之殿，觀清都之居，由其已得至道，仙凡迥別，故所至之地，出入直達。遊天既畢，下謁古帝。先遊東方者，帝出乎震，木德之君，其帝太皞，故首先求見伏羲。

聽直　曰命曰排曰登曰召，登天之氣熖，驅使如意也。曰導曰問，初至而索途也。曰集曰入曰造曰觀者，既至而縱步也。

屯余車之萬乘兮，紛容與而並馳。駕八龍之婉婉兮，載雲旗之委蛇。

箋　騷經云「屯千乘」，此則「萬乘」，見車騎之多，勝前十倍矣。

騎騶騎。膠葛以雜亂兮，班隨從。漫衍而方行。撰余轡而正策過正東也。兮，吾將過乎句芒。少皞之子重，太皞之臣。

箋　未謁其君，先過其臣，亦求其先容之意。

歷太皞以右轉兮，前飛廉以啓路。陽杲杲其未光兮，凌天地以徑度。

箋　太皞謁畢，依次即當右轉以謁炎帝。奈南方昏暗，惡其不明，故暫緩南行，直躐天徑以西，先謁西皇。

風伯爲余先驅兮，辟氛埃而清凉。鳳凰翼其承旂兮，遇蓐收乎西皇。少皞金天氏。蓐收少皞之子該，西皇之臣。

箋　西皇君臣既遇，前欲詔西皇使涉余者，今則不煩其麾蛟龍以爲梁，而自能涉矣。

擥彗星以爲旍兮，舉斗柄以爲麾。叛陸離其上下兮，游驚霧之流波。叶基。

箋　前欲指西海以爲期者，悵此志未遂。今既能上天下地矣，何妨擥彗星以爲旍，舉斗柄以爲麾，極海外之游，以滿我素願。「游驚霧」者，已至天之盡處，惟見黑霧茫茫，流波洶洶，不得不驚而作回轅之想矣。

時曖曃暗。其曭日不明。莽兮，召玄武北方七宿龜蛇也。而奔屬。後文昌使掌行兮，謂掌領從行者。選署衆神以並轂。

箋　西海既回，欲往遊北方。時天既昏黑，北絡寒門之地，太陰之方，恐路多魑魅，故備將相，選衆神，並轂以驅也。

路曼曼其修遠兮，徐弭節而高厲。左雨師使徑待兮，右雷公而爲衛。

箋　徐弭節，蓋憚其日暮而路又遥遠。使雨師徑待，右雷公爲衛者，防夜中之不測也。

欲度世以忘歸兮，意恣睢欲北而不肯徑行，又欲先遊南方。以担撟。音絜，叶蹻。軒舉也。內欣欣而自美兮，聊媮娛以淫樂。

箋　自聞至貴以來，內氣既足，外養又充，借度世爲忘歸計，豈欣欣自喜爲遨遊媮娛地耶？　然而不能不恣睢者，蓋東西之遊既畢，若逕往北方，置故土於度外，似又太矯，不得不先轉轡南遊，姑置北遊於事後。

涉青雲以汎濫遊兮，忽臨睨夫舊鄉。　僕夫懷余心悲兮，邊馬顧而不行。

箋　前云「終不返其故都」，是已置楚於度外。　此忽云「涉青雲以汎濫」者，蓋因恣睢一念之差，遂至萬感交集，初不計其忽又路過故鄉也。　曩見僕夫悲，今則余心悲矣。　曩恨未聞至道，苦爲時俗所阨，致遭沈鬱之寃，今既超脱塵凡矣，然汗漫空遊，曾何補於國事？　思念及此，能不悲哉？

思舊故以想像兮，長太息而掩涕。　氾容與而遐舉兮，聊抑志而自弭。　「氾容與」者，遲遲去故國之意也。

箋　既臨睨故鄉，思念舊故，便當歸楚。　然「終不反故都」之言不能忘，故自弭其悲以行耳。

指炎神南方之帝炎帝，其臣祝融。而直馳兮，吾將往乎南疑。覽方外之荒忽兮，沛罔瀁南海之波濤灝瀚也。而自浮。叶皮。

箋 既過楚境，則南疑爲近，故先謁炎帝。

祝融顓頊之子黎，原之二世祖也。戒而蹕御兮，裔孫遠來，故止而留之。騰告鸞鳥一句總提。以下皆祝融告敕鸞鳥之詞。迎虙妃。張咸池奏承雲兮，二女御九韶歌。叶。使湘靈鼓瑟兮，令海若舞馮夷。玄螭蟲象並出進兮，形蟉虯而逶迤。雌蜺便蜎以增撓同「繞」。兮，鸞鳥軒翥而翔飛。一句總收。見鸞鳥亦隨衆鼓舞而樂賓也。音樂博衍無終極兮，焉乃逝以徘徊。

箋 南方爲楚封域，時當懷、襄，陵夷甚矣，祖宗在天之靈，有不愀然悲者乎？祝融憤楚之亂，憫原之忠，故張樂奏技以樂其志，而解其放逐之寃也。「焉乃」者，原欲北謁顓頊，不忍遽違祝融厚待之美意，故欲逝而徘徊也。

舒并節雙節旌。以馳騖兮，逴遠也。絶垠乎寒門。叶。北極之門。軼迅風於清源北海。兮，從顓頊乎層冰。北方帝顓頊高陽氏，其臣玄冥。

箋 頊乃原之始祖，欲往求其程法，以爲今日治楚規模，故軼迅風而上謁也。收到「高陽邈以遠兮，余將焉所程」，爲一篇之眼。

歷玄冥少皞子修。以邪徑兮，椉間維天有六間，地有四維，謂由斜逕而乘北隅之間維也。以反顧。顧楚也。召黔嬴造化神名。而見之兮，爲予先乎平路。喻平其政刑，剷去奸佞。

箋 原由南至北，不欲再過故都，必須迂道。行道迂則必邪，原係高陽苗裔，豈可由邪徑見耶？邪徑既不可行，而楚之道路又甚艱險不平，非召黔嬴先平其路，不可行也。不得不舍而之他矣。

經營四荒兮，周遊六漠。上至列闕兮，降望大壑。下峥嶸而無地兮，上寥廓而無天。叶。視儵忽而無見兮，聽惝怳而無聞。叶陰。超無爲以至清兮，與太初而爲鄰。

箋　此遠遊之結穴也。「太初」者，氣之始，天地未開時也。是時人物未生，與之爲鄰，則氣復還於太虛，無見無聞，與死同矣。人至此，仙固不必求，遊亦不必遊，又何愁苦鬱結爲哉？

卜居

箋　卜居變「兮」字爲「乎」字，極騷體之變，實前所未有。其問卜之辭，不過欲明己之廉貞，並借以譏當世之事婦人者。前後隱躍其辭，而中間「呢訾」、「突梯」，特用兩長句見意。妙在全作滑稽語，而詹尹之釋策，亦不明言其故，但答以「用君之心」。二語正機鋒相對，筆如虯龍夭矯，不可覊勒。

蔣註　此「三年」未知何時，詳其詞意，疑在懷王斥居漢北之日也。居，謂所以自處之方。以忠獲罪，無可告訴，託問卜以號之，其謂「不知所從」，憤激之詞。「呢訾」、「喔咿」諸語，皆深肖上官、靳尚媚袖情態，而著其讒嫉之私也。

屈原既放，三年不得復見，竭志盡忠，而蔽鄣於讒。心煩意亂，不知所從。迺往見太卜鄭詹尹，曰：「予有所疑，願因先生決之。」詹尹乃端策拂龜，曰：「君將何以教之？」

箋 已上卜居賦序。

屈原曰：「吾寧悃悃欵欵樸以忠乎？盡心君國。將送往勞來斯無窮乎？役情世俗。寧誅鋤草茆以力耕乎？歸隱田間。將遊大人以成名乎？曳裾朱門。寧正言不諱以危身乎？逆鱗直諫。將從俗富貴以偷生乎？違義苟免。寧超然高舉以保真乎？出世養性。將哫訾以言求媚也。慄斯、飾爲恐懼。喔咿欲言不言。儒侏儒。兒婴兒皆柔媚取悦之容。「儒兒」一作「嚅唲」。洪注：喔咿、嚅唲，皆强笑貌。以事婦人乎？腆顔以奉宮闈。寧廉潔正直以自清乎？將突梯滑㳠貌。滑骨。稽、嘲笑取悦。如脂膏。如韋㥞革。以絜楹乎？如工人以絜柱，取其圓而不觚也。

玉麐曰：「史記索隱：『滑如字，稽音「計」。』王叡炙轂子：『滑稽，轉注之器，若漏卮之類。以比人語言捷給，應對不窮也。』補註：『滑稽酒器，轉注吐酒，終日不竭。』」

寧昂昂若千里之駒乎？將氾氾若水中之鳧，與波上下媮以全吾軀乎？寧與騏驥亢軛乎？將隨駑馬之迹乎？寧與黄鵠比翼乎？將與雞鶩爭食乎①？此孰吉孰凶，何去何從？總結上八條，以明問卜之意。

【校勘記】

① 鶩，原作「鶩」，據楚辭改。

何曰　主意已定，姑用抑揚之詞，以抒其憤耳。一正一反，反復陳之，奇絶横絶。

世溷濁而不清，蟬翼爲重，千鈞爲輕。黄鐘毁棄，瓦釜雷鳴。讒人高張，去。賢士無名。吁嗟默默兮，誰知吾之廉貞？」

箋　請卜之後，復發此一段感慨，正承序中「蔽鄣於讒」來。屈子之卜，非求用舍，求辨其清濁也，故曰「誰知吾之廉貞」。自己業已道破，何用卜爲？此詹尹所以釋策而謝矣。

詹尹迺釋策而謝曰：「夫尺有所短，寸有所長。謙言才識短淺。物有所不足，智有所不明。叶。物指龜言。數有所不逮，神有所不通。叶湯。數指策言。用君之心，行君之意，龜策誠不能知此事。」

箋 三軍之帥可奪，匹夫之志不可奪。龜策雖靈，豈能移介石之廉貞耶？「用君之心，行君之意」，妙極。其中有數有理，渾含無盡。

漁父

辭鐙 史記載靈均此辭之後，即作懷沙之賦，自投汨羅。篇中「葬魚腹」之語，其意已決，特借漁父問答以明其志耳。「濁」、「醉」二字，畫出當日仕楚諸臣真面目。

屈原既放，遊於江潭，行吟澤畔，顏色憔悴，形容枯槁。漁父見而問之曰：「子非三閭大夫與？何故至於斯？」屈原曰：「舉世皆濁我獨清，衆人皆醉我獨醒。是以見放。」

箋 兩「我」字、兩「獨」字乃原之斤斤自標處，正原之凝滯於物處。已上漁父賦序。

何評 以清、濁、醉、醒四字立局，問答俱有機鋒。

漁父曰：「聖人不凝滯於物，而能與世推移。舉世皆濁，何不淈其泥而揚其波？叶披。衆人皆醉，何不餔其糟而歠其釃？何故深思高舉，自令放爲？」

箋 「推」者，推彼而去之。「移」者，移此而就之也。淈其泥，水不失其爲清。餔糟歠釃，醒不嫌於薄醉也。務深思者必遭忌，慕高舉者必蹈危。此皆凝滯而不善推移之過也。

何評 頗類蒙莊氏之言。然屈子胸中自有定見，不以人言而惑也。獨醒獨清，此公久已自爲中流砥柱，寧赴湘流，葬於魚腹而不之悔耳。

屈原曰：「吾聞之：新沐者必彈冠，新浴者必振衣。必彈之振之者，恐衣冠中尚有宿垢也。安能以身之察察，受物之汶汶叶莫悲反。者乎？寧赴湘流葬於江魚之腹中，安能以皓皓之白，而蒙世俗之塵埃叶衣。乎？」

箋 漁父之辭，未嘗非處亂世之道。然在原，有萬不能已者。宗臣之誼，休戚相關，寧爲史魚死，不效甯武愚，志各有在。「物」字緊對上「物」字，言我之所以不能與世推移者，正爲此物此志也。

何評 兩問兩答，雖以漁父作結，而意實自表。謂非不知推移之用，有所不忍故耳。

漁父莞爾而笑，鼓枻而去。乃歌曰：「滄浪之水清兮，可以濯吾纓。滄浪之水濁兮，可以濯吾足。」遂去，不復與言。各成其是。

箋 屈子之志皎如日月，漁父之意清若滄浪。一「濯」字，正以洗屈子之拘。濯則何患乎汶汶？何嫌乎塵埃？此解脱指點語也。「遂去，不復與言」，高絶妙絶。蓋已默喻屈子之忠貞而百折不回矣。或曰：「滄浪之歌，招隱詞也。與其死而無補於國，何不高蹈而潔身？」余曰：「不然。夫隱所以全生也。人苟可以無死，又焉用隱爲？惟其不能生，所以不能隱。此孤臣孽子之用心，豈世外逍遥者可同日語哉？」滄浪歌見孟子，孔子時已聞之矣，應是楚人成語而屈子引之，非真有漁父可知。何世人紛紛作囈説耶？

何評 屈子本意已是明言，而卻以漁父之詞爲結，妙甚。滄浪一曲，烟波無際矣。

是書草創於春夏，裁汰於秋冬，稿凡五易，實掃盡前人一切巵言蔓語，獨開生面，差以自喜。然冰硯雪窗，黎明即起，篝鐙而止，擁爐自寫，指爲之腫，目爲之眩，所賴以禦寒者，晨惟苦茗數碗，薑葅一片而已。嘉慶辛未除夕，鐙下覆較畢，爰識四絶。

瓣香終歲手無停，譜卉紉蘭學註經。倘得名山藏不朽，精誠長託楚騷靈。

研朱刻翠染湘筠，洗盡鉛華漱玉津。畫出美人真面目，直教天女叫蒼旻。

弟子邈難追宋、景，弔騷空憶賈諸生。漫漫雲霧人千古，誰與登堂把臂行？

桑榆晚景愛難收，午夜篝鐙寫素秋。他日淮南堪作傳，不妨辛苦説蠅頭。

跋

文自六經外，惟莊屈兩家夙稱大宗。莊文灝瀚，屈詞奇險。莊可以御空而行，隨其意之所至，以自成結構；屈則自抒悲憤，其措語之難，有甚於莊。蓋忠既不見亮於君，内而鄭袖，則王之愛姬；外而子蘭，則王之愛子。且滿朝黨人，皆王之親信，中外棊布，稍涉國事，有干誹謗，得咎更甚，不得不託諸比興，以申其邑鬱之懷。故運思落筆，都借寓於奇險之徑，使言之無罪，聞之足以戒。洋洋纚纚，滔滔汩汩，無義不搜，無典不舉，而起伏照應，頓挫迴環，極文人之能事。故能與漆園並驅千古。前儒註釋紛紛，無不人自以爲握靈蛇之珠，家自以爲獲荆山之璧。然求其旨趣合拍，機神洞達，識既不足以透徹精微，而學又不足以鉤深致遠，故總無當於作者之心。餘若諸家則膚辭剩語，冗蔓滿紙。客歲奮志斯役，潛心一載。今正復加訂正，由春迄夏，不惜午夜篝鐙，探頤索隱，務期大暢厥旨，恍若親炙於屈子之靈，而受其耳提面命之教也。故每於展讀之際，覺屈子神光猶剡剡紙上，能不肅然恐，悚然而悲其志也？至於獵取諸家粹語，亦惟披沙揀金，不敢怖其河漢，亦不敢信其矯强。一言之合，必慎所擇取，冀其廣播士林，不肯令昔人一片血心埋没千古也。嘉慶壬申夏五端陽，素村禮漫識於修梅山館。

圖書在版編目(CIP)數據

屈辭精義 / (清)陳本禮撰；慈波點校. —上海：上海古籍出版社，2017.6
(楚辭要籍叢刊)
ISBN 978-7-5325-8450-5

Ⅰ.①屈… Ⅱ.①陳… ②慈… Ⅲ.①楚辭研究 Ⅳ.①I207.223

中國版本圖書館 CIP 數據核字(2017)第 105767 號

楚辭要籍叢刊

屈辭精義

[清]陳本禮　撰

慈　波　點校

上海世紀出版股份有限公司
上　海　古　籍　出　版　社　出版

(上海瑞金二路 272 號　郵政編碼 200020)

(1)網址：www.guji.com.cn

(2)E-mail：guji1@guji.com.cn

(3)易文網網址：www.ewen.co

上海世紀出版股份有限公司發行中心發行經銷

上海惠敦印務科技印刷有限公司印刷

開本 850×1168　1/32　印張 9.375　插頁 4　字數 158,000

2017 年 6 月第 1 版　2017 年 6 月第 1 次印刷

印數：1—3,100

ISBN 978-7-5325-8450-5

I·3159　定價：42.00 元